双子座文丛

高兴——主编

华清 著

蜂拥而至

Fengyong er Zhi

漓江出版社
·桂林·

"双子座文丛"出版说明

优秀的书写者往往有着多重的文学身份，这种多元视角下带来的碰撞和探索，也让文学迸发出更为耀眼的璀璨光芒。"双子座文丛"取意两栖、双优，聚焦当代文学星图里具有双坐标意义的写作者，以作品的多样性呈现文学思维的多面性，角度新颖独特，乃为国内首创。本丛书第三辑，以"评论家"为经度、"诗人"为纬度，收入了谢冕、张清华、何向阳、敬文东和戴潍娜五位横跨三个代际的作家力作，他们既是思力深邃的批评家，又是深情善感的创作人，各具时代特征的显著性。诗歌与评论的相互印证，感性与理性的双重交织，让他们成为"双子座"独特的坐标系——评论家＋诗人。此类作家不独五位，以此五位为代表，且由于篇幅所限，本辑作品皆为精选。

漓江出版社编辑部

目录 / Contents

总序　一条江河的自然拓展和延伸／高兴　001

诗　歌

第一辑　雪中的创世纪

005／梦中焚书

006／薤　露

007／雪中的创世纪

008／涟　漪

009／纯诗或比喻

010／黄　昏

011／化纸者

012／春日纪事

013／断头葵

014／风　筝

015／桃子的隐喻

016／互　文

018 / 殉道者

019 / 云中记

020 / 致

021 / 槐树林

022 / 高　度

第二辑　蝙蝠的隐喻

025 / 双龙洞

026 / 避风塘

027 / 事　件

028 / 癞蛤蟆

029 / 微电影

030 / 燕园见

031 / 梦中悼怀

032 / 哲学的读法

033 / 哲　理

034 / 美颜记

035 / 万松浦——致 ZW

036 / 叙事人

037 / 终　局

038 / 蝙蝠的隐喻

040 / 在青岛——致 Oyjh

041 / 火山岩

042 / 喜鹊叫

第三辑　如飞鸟所见

045 / 满江红

046 / 预　言

047 / 无　雪

048 / 拉德斯基进行曲

049 / 旧台历

050 / 狮王的暮年

051 / 航　拍

052 / 故乡的无名河

053 / 篝　火——给周庆荣

054 / 超　人

055 / 团泊洼

057 / 兔子的素描或隐喻

058 / 和光同尘

059 / 菊花石

060 / 打铁的老妇

061 / 落　叶

062 / 如飞鸟所见

第四辑　梦中所得

065 / 过零丁洋

066 / 忘　忧

067 / 王屋山

068 / 墓地对话

069 / 简版红楼梦

070 / 丁　香

071 / 大凉山所见

072 / 过沧州

073 / 山　中

074 / 海　螺

075 / 老电影

076 / 荒野偶遇

077 / 梦中所得

078 / 木乃伊

079 / 葡萄架

080 / 送　行

081 / 分　歧

082 / 埃　及

第五辑　灵魂乍现的方式

085 / 灵魂乍现的方式

086 / 两滴水

087 / 堂·吉诃德

088 / 弹拨者

089 / 流　言

090 / 角马史诗

091 / 漓　江

092 / 丽娃河

093 / 冬日幻感

094 / 昆　山——赠 HX

096 / 人世即景

097 / 拟西洲曲

098 / 四月的哑巴

099 / 蜂拥而至

100 / 诗　人

第六辑　乌鸦的高度

103 / 流浪者的黑夜

105 / 安全感

106 / 春的记忆

107 / 豹　子

108 / 疯　子

110 / 死胡同

111 / 三月的呼啸

113 / 乌鸦的高度

115 / 白桦林

116 / 退　潮

117 / 圣　歌

评　论

121 / 谈诗片段（上）

138 / 谈诗片段（中）

160 / 谈诗片段（下）

176 / 在"文本"与"修辞"的背后

186 / 文本还是人本：如何做诗歌的细读

194 / 野有蔓草，现在哪里

199 / 如何使诗歌写作更接近肉身和灵魂

206 / "70后"如何续写历史

217 / 先锋诗歌的终结——答《羊城晚报》问

224 / 后　记

※ 总序 ※

一条江河的自然拓展和延伸

高 兴

数年前，漓江出版社开始出版"双子座文丛"，取意"著译两栖，跨界中西"，最初的宗旨是诗人写诗、译诗，散文家写散文、译散文，小说家写小说、译小说，把目光投向了中国文坛上一类特别的人，"一类似乎散发着异样光芒和特殊魅力的人。他们既是优秀的作家，同时又是出色的译家"。文丛新颖独特，为国内首创，出版后，受到读者的喜爱和认可。

喜爱和认可外，我们还听到了意外的回响。不少读者觉得，"双子座"这一名称实际上有着更加广阔和丰富的内涵和外延，仅仅限于"著译两栖"，似乎有点"亏待了"如此独特的创意。既然作家、译家是"双子座"，那么，作家、画家，作家、书法家，作家、音乐人，文学伉俪，文学两代，等等，都可以算作双子座。边界拓展，"双子座"应由一座独特的矿藏变成一个敞开的世界，而文学本身就该是无边无际的天地。

向来勇于开拓的漓江出版社吸纳了这一意见，决定拓展和延伸"双子座文丛"。这一举动既有出版意义,又具诗意光泽,就仿佛是一条江河,渴望拥抱更大的世界,通过自然拓展和延伸,执着地奔向大海。此时此刻,这条江河,我就称之为:漓江。

本辑,我们就将目光聚焦于评论家、诗人这一"双子座"。

正如在任何正常发展的文学中一样,在中国文学的发展中,文学评论家们也一直发挥着不可替代的作用。考察历史,关注现状,深入文本,梳理动向,评判价值,分析现象,评论家的所作所为,于广大的读者和作者,常常具有启发、提示、总结,甚至引领的作用,且常常还是方向性的作用。正因如此,评论家的事业既是一项文学事业,也是一项良心事业和心灵事业。

扎实的理论功底,广博的知识储备,天生的艺术敏感,这些都是一位优秀的文学评论家需要的基本素质。除此之外,优秀的文学评论家同样需要"多愁善感",亦即超凡的情感呼应力和感受力。因为,他们归根结底也是文学中人,而文学中人常常都是性情中人。作为文学中人和性情中人,到了一定的时候,自然不会单纯满足于文学评论,自然会产生文学创作的冲动。

一些出色的评论家诗人,就这样,出现在了我们面前。本辑五本书的作者谢冕、张清华(华清)、何向阳、敬文东和戴潍娜就是他们中的代表人物。

细心的读者会发现,这五位作者实际上代表了老中青三代。

谢冕,老一代诗歌评论家的突出代表,在七十余年的诗歌评论和教学生涯中,耕耘不辍,著述无数,桃李满园。尤其令我们敬佩的,是先生的内心勇气和诗歌热情。20世纪80年代初,正是他率先发表《在新的崛起面前》,

为当时备受争议的朦胧诗辩护，为中国新诗的健康发展排除理论障碍。"比心灵更自由的是诗歌，要是诗歌一旦失去了自由，那就是灾难，是灭绝，那就是绝路一条……诗歌的内容是形形色色的，诗歌的形式应该具有不同风格，如果用一种强制的或非强制的手段来进行某种统一的时候，这就只能是灾难。"从这段话中，我们便能感觉到先生的良知、真挚和勇气。如果说先生的评论体现出开明境界和自由精神，那么，他的诗歌则流露出含蓄细腻和别样深情。阅读谢冕的评论和诗歌，我们不仅会获得思想启发和艺术享受，而且还能感受到作者的人格魅力。

张清华、何向阳和敬文东，中间代文学评论家中的佼佼者。除了文学天赋之外，他们都接受过良好的文学教育，具有开阔的视野和扎实的功底，在长期的文学评论和研究中，形成了独特的个人风格。

在文学评论上，三位都有着自己鲜明的立场。张清华坦言，自己"采用的是'知人论事'方法，一个重要的原则就是把文本和人本放在一块，以人为本来理解文本"。他认为："如果能够通过文本接近人格境界，对人格境界有了一种理解，那么批评就是有效的，同时也是对自己的一种滋养。即便不去学他的人格，也会深化你对生命对人性的理解。"如此，"文学批评就变成了对话，不只是知识生产，还是一种精神对话"。何向阳表示："负责好自己的灵魂，是一个以深入人生、研究人性、提升人格为业的批评家作为一个人的最基本的责任。"这其实已成为她文学评论的逻辑起点和伦理追寻。与此同时，她还始终保持着一种清醒和自尊："当时间的大潮向前推进，思想的大潮向后退去之时，我们终是那要被甩掉的部分，终会有一些新的对象被谈论，也终会有一些谈论新对象的新人。"而敬文东曾在不同场合反复强调:"文学批评固然需要解读各种优秀的文学文本,但为的是建构批评家自己的理论体系;而文学批评的终极指归,乃是思考人作为个体在时间和空间中的地位,以及人类作为种群在宇宙中的命运。打一开始,我理解的文学批评就具有神学或宗教的特性,不思考人类命运的文学批评是软弱的、无效的,也是没有骨头的。它注定缺乏远见,枯燥、乏味,没有激情,更没有起码的担当。"作为评论家,张清华的敏锐,何向阳的细腻,敬文东的犀利,都已给广大读者留下深刻的印象。

在诗歌创作上,他们也表现出了各自的追求。张清华一直在思考怎样使诗歌写作同时更接近肉身和灵魂。"离肉身远,写作无有趣味,缺少生气;离灵魂远,则文本不够高级,缺少意义。所以,我所着迷的理想状态,应该是理性与感性的纠缠一体,是思想与无意识的互相进入,是它们不分彼此的如胶似漆。"他期望自己的诗歌写得既有意义,更有意思。如果了解何向阳的人生背景,我们便会明白,诗歌写作于她,绝对是内心自然而然的流淌,有着某种极致升华和救赎的意义。诗歌写作教她学会爱并表达爱。诗歌写作甚至让她感悟到了某种神性。正因如此,读何向阳的诗,我们在极简的文字中时常能感受到深情的涌动和爆发。敬文东的诗歌写作理由非常明确:"我写诗的经历有助于我的学者身份,因为它给学者的我提供了学者语言方式之外的语言方式。语言即看见,即听到。维特根斯坦说,一个人的语言边界就是其世界的边界。有另一种语言方式帮助我,我也许可以听见和看见更多,能到达更远的边界。"身为诗人,张清华的不动声色和意味深长,何向阳的简约之美和瞬间之力,敬文东的奇思妙想和文体活力,都让他们发出了辨识度极高的诗歌声音。

而戴潍娜，来自"80后"青年评论家队伍，一位多才多艺、兴趣广泛、全面发展的才女和侠女。无论是评论还是诗歌，字里行间都会溢出如痴如醉的激情和坚定不移的温柔。文坛传说，她曾表示，如果有人让她卸掉一条胳膊或一条腿来换取一只猫或一只狗的性命，她一定毫不犹豫。这倒像是她的口吻和性情：极致的表达和极致的追求。她的评论和诗歌还流露出对语言的迷恋和开掘，有时会给人以语言狂欢和梦幻迷醉的强烈感受。这是位世界和生活热爱者，同时又是位世界和生活批判者。批判其实同样是在表达热爱。批判完全是热爱的另一种形式。这几句话，用于其他几位作者，同样有效。

阅读他们的评论和诗歌，我总有一种奇妙的感觉：作为优秀的评论家诗人，他们似乎正在理性和感性之间，在冷静和奔放之间，在肉身和灵魂之间，跳着一曲曲别致动人的舞蹈，展现出自己卓越的平衡艺术和多面才华。

文学评论，诗歌创作，这无疑让他们的文学形象变得更加完整，更加饱满，也让他们的文学生涯变得更加令人欣赏和服帖。

有趣的是，这五位评论家似乎都更加看重自己的诗人身份。兴许，在他们看来，文学评论只是本职，而诗歌写作却属惊喜。尊重他们的这种特殊心理，我们在排版时，特意将诗歌安排在评论之前。期望这样的安排也能给读者朋友带来惊喜。

2023年8月5日于北京

诗 歌

第一辑　雪中的创世纪

大地上的一切都 / 已被造物者埋没。唯有他，变成了亘古 / 以来的一个自造者，在一片 / 史前的白茫茫中，创造了一个——/ 完全属于自己的他者

梦中焚书

旷野里荒地上,有一架木做的小屋
屋里塞满了蛛网包裹的竹简和图书
天寒地冻,滴水成冰,他独自
拥有着这份孤单、安静和冰冷
饥饿中,他取下一本,啃一口
再用灯火引燃取暖,让它发出一阵
动听的毕剥声。就这样一本一本
他在烧它们,开始是偶然和好奇
后来是过瘾,是危险游戏后
一个习惯性的加热动作,慢慢地
他引燃了自己的身体,将下陷的小屋
变成了一堆火,在梦中他浑身燥热
发出冲天的光焰,并最终成为
有史以来,第一个自我的焚书坑儒者

薤 露

朝露待日晞。只因这
是悬于草尖的一颗，微小而过于晶亮
且在晨风中微颤，因寒凉和夜气而凝
这闪耀于空气中的一滴，如同眼泪
正望着相邻不远的另一滴，两滴
渴望着共同成为溪流，江河，或大海
但现在，它们只能孤独地晃动于草尖
枝头，作为孤单无依的微小颗粒
作为想象中光明而柔软的水晶，玻璃
宝石，存在于日上一竿前的一刻
从漫长的黑暗中等待，祈求
在朝阳中有片刻的闪耀，然后消失
于空气，或在一只脚的践踏下
落入尘埃与污泥，哦，一颗朝露！
仿佛它的诞生，只是为了这一刻的
消失，让看见这一情景的人，从浑圆
而晶亮的露珠上，看见了自己的影像

雪中的创世纪

雪地上出现了一个白色的雪人,他
在用双手和热气,塑造另一个。
他的脸上和身上,都覆满了凉凉的雪花
他雪中的双手像在不停地抒着一首诗
一个小号的创世纪。开始时只是
出现了一个叫"雪人"的词,一个
洁白的意象,之后出现了有弧度的句子
再之后,是出现了酷似的形体
绵密如雪的造形,而后,是一具
诗一般致盲的性感胴体。看哦
那作品已开始反过来,注视它的创造者
就像是夏娃反身欣赏亚当的肋骨,仿佛他
比常人更显得抽象一些,他手中
正快速地诞生着栩栩如生的这一个。雪
下着,纷纷扬扬,大地上的一切都
已被造物者埋没。唯有他,变成了亘古
以来的一个自造者,在一片
史前的白茫茫中,创造了一个——
完全属于自己的他者

2022年2月13日,大雪中作

涟 漪

他冲着平静的水面投下了一颗石子
水花四溅,有涟漪一圈圈荡开
他注视着那规整的圆圈一层层扩散
最后抵达了他脚下灰绿色的堤岸
然后一切归于平静,水纹与风
交叠重合,如同旧时的记忆渐渐平复
唯有中心的镜子一片虚罔,仿佛一块
愈合的伤疤,那样安详而明亮

纯诗或比喻

大风吹折了百草
只剩下光秃秃的山石

热风吹干了池水
只剩下湖底裸露的淤泥

狂风吹折了大树
只留下满地的枯叶堆积

暴风吹落了云彩
只留下满天疑惑的星斗

旋风卷走了一切
只留下风的虚影不停地晃来晃去

黄　昏

无数次他走过黄昏的街头，旷野
但这一次真的不同。一颗落日迎头降下
亮瞎了谁的双眸，她悬在树梢之上
像一个不明飞行物，无伦的句号
谁，前人还是来者，谁在那时凭栏
白日依山尽，然后朝霞再次升起
重复那古老契约，与无意识的游戏
谁人在那样的黄昏忽地满眼热泪
生命中最偶然的一个，也一样照见
一场盛大的落幕。你看见那红日
慢慢西沉，但你无能为力，伸手过去
也无法实现那悲壮的托举！回家吧
回家路上你又看见了那条熟悉的
流浪狗。仿佛专门给你安慰，它
踽踽独行，走在空寂无人的街头
不时抬头，茫然四顾，莫非它也懂得寓言
用沉默来给世间的痴汉愚人以启示
在这夕照的余光里，一切古老的寓意
都如氤氲的雾气，聚集后悄然散去

化纸者

都市的十字街口燃起了一堆火
火苗在黑暗中跳蹿,映着一张模糊的脸
他的背影在街道上方闪烁,仿佛一面
将要塌下的旧墙,沿着高楼的一侧
上下摇曳。此时他并没有看见
在他身后经过的我,无意中扮演了
那赶赴飨筵的幽灵。我止住脚步
在纸钱飘舞的灰烬前站立了片刻
当他化完纸灰,火焰最终熄灭
一缕余温在寒风中瞬间消散
他起身离去。黑灰随风飞起,我仿佛
看到更多透明的灵魂,正上前挑拣祭品
我想和他们打个招呼,但他们全然不顾
我想对他们说"新春好",但他们
正兀自蹲下身,从火中取出
一枚枚滚烫的栗子。然后他们抖了抖
身上的灰尘,装起了一摞崭新的冥币
然后在黑暗中露出了荒凉的笑容
我看清了,那是一排早已悬空的牙齿……

春日纪事

二月在不遗余力地拱火三月
三月终于将四月放上火堆

直播炮战终不像热映的大片
扶老携幼的难民,好像悉数哑口

面对大海你可以选择什么都不说
面对大火你说什么也都没用

不如来一场洗刷一切的暴雨
不如响一道痛快淋漓的春雷

舌头变成了味觉失常的棉签
蹊跷反复查验后终于变成了阴性

嫩绿的春茶一似被煮得滚沸
封闭期的晚餐,烧出了一片焦煳味

断头葵

一片被斩首的向日葵，让我一下
看见了岁月深处的众多冤鬼。在夏日
川西的沃野，我看到这不可思议的一幕
为何失去了头颅，它们残损的身躯
还依旧青葱，依旧像刑天的后裔
一般站立。这些将死未死的冤魂
如何以如此阵仗，在烈日下
也不肯倒伏，而把羞耻和失重的身躯
变成一柄绿色的干戚——或是相反
无头的庄稼，只剩了猛士的回忆。这戏剧
而悖反的幻觉，已被阳光的镰刀
植入了它们残缺的身躯。在一片
绿色的海中，我听见它们如风的呼吸
是这般虚无。仿佛正午的烙铁
已炙熟它们的阴影，周围鼓噪的蝉声
一似刻意对比，凸显这无头的缄默
但那时，我的耳畔却一阵喧哗
仿佛听见了一片刀锋落下时，那波涛般
喊里喀嚓的滚落，以及突然中断的
一阵叫人撕心裂肺的呼救声……

风　筝

风太大了，你越飞越高，越飞越远
我的线已扯到了尽头。天是那么高
地是那么远，耀眼的天光看不到头
我的胳膊累了，脖子快要断了，你
还在飞，乘呼啦作响的风声，乘着
那越飞越高的翅翼，飞，一直上升
哦，要不要有一个保险，一个契约
如果有神灵将你接住，如果有宫阙
可以安居，那么你就飞吧，如果你
不会像一个失恋者那样悲伤地跌落
你就飞，直到飞出我的视线，飞出
天空上的云层，飞出浩渺的银河系
如同旅行者一号，朝着外星系前进
亲爱的风筝，我知道我也将会变轻
变成一块失重的石子，系不住一根
又细又轻的绳。最终会随你的方向
变成一粒灰，把最后的一点点重力
留给这断线，作为撒手后的一个梦

桃子的隐喻

她已渐渐度过了桃子的时代,但此刻
她手里握着一枚熟透的桃子。这
迷人的圆润,仿佛在帮她回忆
那些逝去的岁月。当她手握桃子,仿佛
手握着遥远的昨日,那褶皱的前身
是多么光洁而饱满,那多汁的身体
被爱她和被爱的人一点点吸吮干净
哦,生命中的桃子,易逝的桃花,易于
腐烂的桃子。她在凭吊自己的前世,就像
一个母亲低头注视她衰败的躯体,在努力
缩回她不再饱满的面庞,乳房,子宫
一切不便直言的隐喻。那些由青涩
而至甜蜜,由现实变成往事的
记忆,慢慢变成了一枚画中的桃子……

互 文

丛林中一双猛恶的狮子在嬉戏
它们彼此舔舐,直到一只
成功嵌入了另一只的身体

草叶间的一双蝴蝶在翩然飞舞中
忽然叠起,在颤动中
谱写了一支现实版的感人恋曲

雪野上一对高大的驯鹿,其中一只
在经历一场生死对决后自沉泥沼
另一只,则完成了胜利者基因的延续

才华盖世的老莎士比亚
在重塑了一部粗鄙而平庸的作品后
写出了不朽的悲剧传奇

一块史前巨石上编述历历,后次第
被他人抄袭,由《石头记》变成《风月宝鉴》
由《情僧录》最后定名《红楼梦》

一个古老陈旧的词语忽被什么感动
发出了一声啼血的恸哭
并将一串邻近的词句,染得遍体通红

殉道者

大自然给一切生灵都准备了一部
生存的史诗,在布满艰险的世界
它必须要努力,参与一切
惨烈的竞争。看,一头棕熊
正在冰冷的河水中守株待兔
(熊窝里两只幼崽正嗷嗷待哺)
它尖利牙齿下的一条大马哈鱼
正与千万只同类一起穿越那冰水
它逆流而上,千里万里,要回溯至
那冰冷河水的源头——它要么
死于棕熊之口,要么死于产卵后
黑暗的水底,化为子孙生长的营养
而现在,它正遵从一个古老的旨意
前仆后继,冲上不可能逾越的悬崖瀑布
仿佛逆旅中只求一死的殉道者
上演着它生命中最后的密码与史诗

云中记

很久没有见到这些面孔了,在疫病
蔓延的年代,当他们出现在屏幕
虚拟的背景中。仿佛是天空,书房
抑或是树木与花丛中的幽灵。加了美颜
使他们的谈话变得遥远,充满不确定
在嘴巴的不远处,是黑色屏幕的边框
一旦越出,他们就将消失,或是
变为标签,符号,而沉默无语
多数时间里,他们只是虚拟的看客
主要扮演的角色,是哑巴,聋子
和瞎子。在电脑的强光下,他们操着
不同的口音,彼此打着过分亲密的招呼
交集于云端之上,在互动中保持距离
说着虚头巴脑的话语,直到
他们的图像渐渐发白,最终变成了
空气中一小片似有若无的烟雾……

致

镜中的玫瑰由一片薄纱扮演
现在她自深梦中醒来,玻璃的湖面
出现了细小的漩涡,是的,漩涡的玫瑰
已开始旋转。这潭被四月加温的湖水
正变幻着颜色,瞳孔般秘密的湛蓝
也在暮春的风中依次荡开,旋转
一团火苗经由谁的眼睛,烧灼
另一团,并将它变成柴草,灰烬。
她那样舞着,依次飞脱了薄纱,睡裙
最后的一枚茉莉香片。让旁观的镜子
都想破碎一地,那镜中的玻璃也想逃出
变成一座围困它的帐幔,一架
解构并且复制它的万花筒,因为
它再不甘于,在满目春色中
只作壁上观,当一个脆弱的镜中囚徒

槐树林

墨绿的槐林里曾有一场风雨
四十年后有谁还会记得那风声
一小块乌云在午时降临,让谁想起了
少年的衣角,还有那湿漉漉的心跳

槐林里槐花初上,如雪的花朵
像一场白日梦,乌云早已落地生根
天边的闪电忽又隐约亮起
如一场童年的赛跑

只记得自己怦怦的心跳声

高　度

像一只鸟，或一只纸鸢，你让我向着
云端以上的高度飞行，让我脱离
一只蛙的视野。在故乡的井底，是的
我曾经像它一样眷恋，那一汪浑水
以及由体温烘热的一小块青苔。哦
现在我像一只热气球，在虚火的吹动下
正一寸寸脱离那熟悉的土地
哦，向上，向着祖先仰望的方向
越出了井口，世界最小的圆，看到
让我晕眩的天空，从未有过的广大与虚无
如再高一点，我将看到那透明的穹顶
以及大地深色的弧形。但那样我将
再看不到我的出发地，那个孤魂般
黑洞洞的井口……

第二辑　蝙蝠的隐喻

黄昏的光线照上空茫的天际／天边的乌云照例摆拍成晚霞的标准姿势／这不是创世故事,但有类似的逻辑／一只飞翔的蝙蝠适时降临在某个黄昏……

双龙洞*

两千里外黑暗的夜里
我梦见了去世多年的祖父祖母
梦中的他们如此真切,一个在纺织
一个在耕种,田园茂盛,庄稼青葱
他们也回到了壮年的模样
看着我这衰老的孙子,满脸笑意
仿佛在嘲笑人世的消磨,人间的无情
他们男耕女织,回到了前世的光阴
东南形胜,普陀之地不远
他们哼着小调,淘着记忆这口古井
唤我与他们共享山珍海味
泉水汨汨,溪水潺潺,最后是鸟声唧唧
当我在霞光万丈中醒来,我看到
房间外两棵参天的古木,在初冬的
山野间迎风而立,它们枝杈相接
彼此扶持,摇曳着那长满青苔的蓬勃身姿

---

* 双龙洞,浙江省金华市郊外金华山上的名胜,上有双龙宾馆。2022年11月23日,因前来参加首届艾青诗歌奖评审,下榻此处,当晚有此一梦。梦醒以记,且甚为惊诧。

诗 歌　·025·

避风塘

这一刻他变成了一个饕餮之物
只为一种味觉,一种乡愁
饥饿的不再是胃,而是肚腹,还有
变得愈来愈陌生的身体,仿佛有
无边的虚空。是的,饥饿的不是肉身
而是某种感受,对一切逼挤之物的恐惧
仿佛挤压来自空气,来自周遭
被割了下身的词语。被折磨太久的感官
无处躲避的七窍,以及裹挟一切的风
他终于来到了文字中的饥馑与囚牢
懂得在语言中寻找,无关痛痒的字句
用以躲避那浩大场景,肿胀的句式
并告诉自己如何做一个丑角
用自行放逐换一个致命角度
只观赏人间最小的真实,找寻一口火锅
一本廉价的菜谱——这最后的避风塘
把生命缩小为一只,无边的胃

事 件

厥词溢出了杯子,仿佛一缕水汽
一股烟搭上一阵清风。穿越书房门槛
或是穿越了拥挤腹腔的客厅
如逃亡者脱离了嘴巴——那紧闭的窗户
来到肉身的户外,光天化日
在幽静的水面上激起了层层波纹
厥词引发了鸟的咳嗽,影响到
偶然路过的蜻蜓,蜻蜓翩动轻薄的翅翼
像一团纸上的墨迹,渐渐氤氲扩展
刮起了一个小小的旋风。小旋风
越过树梢,惊动了天边飞过的一群大雁
大雁翅膀宽大,把暗力转赠了一朵
凌空盘桓的乌云。乌云辄即停留
将暴雨的重载卸下,但不期遇见
云中梭巡的一对宿敌,他们刀兵相向
高声叫阵,挥军掩杀,电闪雷鸣
激起了一场由天边汇聚而至的飓风

癞蛤蟆

它从菲利普·拉金的桌上一跃
便堂而皇之地来到了汉语中,并变成
一个终身的禁忌,日常烦恼的隐喻。
但菲利普·拉金并不知晓,它早已
潜伏至我童年的母语。"造梦的必需品"
"也蹲伏在我的内心"[①]……那时
冰天雪地下已蛰伏来自地心的生命
以及最新鲜的泥土,它一直包裹护卫
这潮湿阴暗的奇丑之物。仿佛它
在黑暗中已忘记了那幽闭,以及那
长夜中一直鸣叫的隐忍,与固执。
这冥顽不化的念经者,以它的丑陋
烫伤了那幼小的目击者的记忆
是的,这就是视觉中无处不在的 Toads
一只癞蛤蟆,在另一语言的转换中
完成了它梦中不可思议的蛰伏
令人厌恶且绝望的转世

[①] 菲利普·拉金《癞蛤蟆》(*Toads*),(一译为《蛤蟆》)中的诗句。

微电影

一阵大风刮断了路边的一根树枝
树枝绊倒了一辆电动车
电动车上的外卖箱子翻滚在地
然后撞翻了一辆共享单车
两个骑手一起摔倒在地,他们
嘴里嘟囔着爬起,看看彼此
然后收拾东西上车离去

过了一会,还待在原地的树枝
又绊倒了一个老太,她翻了一个身
再没有起来,一辆车子紧急避让
与另一辆速度更快的豪车
砰然相撞。这时密密匝匝的人群
围了过来,围成了瓮,而那根枯枝
仍如一个孤儿,无辜地待在瓮外

燕园见

秋日的燕园是否要专门绘一幅画
那湖依然未名,一面有褶皱的镜子
斜向面对天空。一只远道而来的水鸟
仿佛一位进修生,略感羞赧和迷离
它靠得太近,所以看见的是水波的沉寂
以及湖底,那愈发稀少的鱼类、虾米
它们对水的敏感亦愈发轻微,仿佛落叶
徜徉在微弱的秋风里。这生来的梦想之地
连蛙鸣也都已成为隔世的记忆。它独自
站立了许久,又起身盘旋,当它离去
还在回头俯望,这镜中微漾的一缕生机
并听见隔墙课堂的诵书声,仿佛百年前
一架旧式的留声机,在播放遥远岁月的
回声。只是那放速,似因电压不稳
发出了一阵略显刺耳的嗡嗡声……

梦中悼怀

不止一次，他想悼怀更多旧友
他们的肉身依然在世，但因此
他更不能抑制这悲悼的冲动。他们
用渐渐发福的肉身，说着死者的话音
仿佛梦中出离的幽魂。此公当年
是多么清俊，如一头初出茅庐的豹子
而今他牙齿松动，还原为一只地鼠
另一位，当年洒脱一如公鹿，而今
目光如同枯井，干涸而了无生气
还有一位，西装革履下的架子端得
如同一匹骄傲的骡子，可惜他
已两脚磨损，走路堪比斜坡上的
一只蹇驴。正梦想有一股旋风
将他从涸辙的寂寞中忽地拖出。唉
最后出现的是某人自己，他梦见的前方
是一枚已糠心的萝卜，那青灰的脊背
裸露在岁月的身后，不合时宜得就像
一颗悬挂于体外的瘤子。仿佛只为
印证，在这剥皮裸奔的梦里，他们活着
但往昔传说中的那些奔马，早已死去

哲学的读法

"唉,土埋过半截了。"我的祖父
总喜欢这样说,那时他六十多岁
后来,他指着他那双
老旧的鞋子——农民鞋①
"看见了吗,今天这鞋子脱下来
明天早上就不一定能穿得上。"
那一刻,我知道他已变成了哲人。
"存在是提前到来的死亡"
我大字不识的祖父,说出了
与凡·高和老海德格尔
同样深奥难解的话语。多少年过去
我知道那土,也已埋到了我的胸口
便不禁想起他,那带着些苦涩的
笑意,还有他略显沉重的呼吸
他不免有些形而上学的话语。以及
故乡——那一抔渐渐漫上来的泥土

---

① 《农民鞋》是凡·高名画,海德格尔曾在《艺术作品的本源》中浓墨重彩阐述这幅画中的哲学含义,认为此作品"使世界世界化了"。

哲　理

"漫漫人生路，关键就几步"
车载导航忽冒出了又软又甜的一句
说得多好，绝对是一句哲理
可是那甜美的声音却不能影响
某些关键的脚步，亦不能确定
更关键的去处。所以真理的具体性
是多么重要，没人告知准确方位在哪
真理就是一个未穿衣的童话
摸不到开关，再美的身体也
没有温度。还有更重要的一点
——即便你什么都知道，拐与不拐
也由不得离地三尺四脚悬空……
轻飘如一个词语的你

美颜记

透过屏幕有人虚构了自己,相当于他
回到了混沌的创世之初。母体的重造
美且白,脸瘦成刀把,鸭蛋,瓜子儿
无数美妙的转喻,眼睛放大,颧骨变小
灰暗的皮肤提亮,肥厚的腮帮收窄
白日梦一样,昔日重来,将灰色现实
从此生不尽人意的肉身一下推出
斩首岁月的痕迹,时光的刀子
仿佛画笔覆盖一切旧物。此刻你
注视着从镜中重生的、白而嫩的自己
如同变成了自身的创世者,或者至少是
美化了明月,擦亮了窗户,装饰了
别人的风景,让自己站到了他者的桥上
……正当你兴奋之余,信号出现卡顿
任你挤眉弄眼,镜中人不再活动
直到全然断线,消失于过度拥挤的
云中,只留下了一个含糊其词的影子
仿佛比窗外寥落的秋风,还要虚无……

万松浦
——致 ZW

那一片茂密的丛林里居住着
观念的猛虎。它有着爬山虎遮覆的眉眼
为夕光装饰的刘海,恬淡的指爪上
有来自暴风雨的印记。书卷是它的青苔
绿火焰,沿小路燃向松木的核心
一只勤奋的獾自草丛中跋涉,它在学习
小河中的芦苇,那略带感伤的姿势
那思想的弯曲,与谦逊。大海就在不远处
日夜喧响,仿佛另一只不倦的猛虎
或是来自天空那一只的投影。它黄金的
啸声,穿越松林之后,抵达了一座
寂静的殿堂,最后安栖于红瓦下的
一杯清菊。草地上密集错落
且张大了耳朵的蘑菇,在晚风中遐想
它们在清凉的露水,或是淡淡的
月光下,最终化作了秋虫唧唧
仿佛是一片,低调而又奢华的诵书声

叙事人

一个古老的故事。自然界的叙事人
必须是一位老者,须发皆白
但仍配是人间智者的化身。
必须是一只鹰,或是那样居高俯瞰的
高度,那样的泰然,沉迷,沉溺
凝视着大千世界,每一个角落
他有着神一样的慈悲,从容经历过
一切生老病死,并从诸神的角度
学会了洞悉:一切苦难,悲喜
一只蚂蚁的诞生,或一枚田螺的枯死
关键是,他不会为天地的不仁
而感到愠怒,不会为一只狮子猎杀羚羊
而感到悲戚。因为他知道狮子也有
一只幼崽正嗷嗷待哺,作为母亲
它的母爱也正泛滥,天经地义,而那只
不幸的羚羊,也用它的死,缓解了
它的同类和另类的危机。草原因此而
变得松懈下来,并用片刻的悠然和安详
循环着它万古不变的傲然生机……

终　局

有一天你也会上墙，不会作为伟人的
肖像，但至少，可以挂在鲜花装饰的墙壁
供人一小时的瞻仰。你的一生
会凝成简短的几行字，一页纸
语言讲究，但属于例行套路，在那一刻
你会变成一个虚头巴脑的叙事，一篇
看上去十足的道德文章。不着边际的故事
会伴随一个十分钟的仪式，几声唏嘘
或是抽泣，有人甚至会在你照片下
那皮囊前失声痛哭，但很快，那炼金的烈火
就会消除你的虚胖。不出意外
还会还你一个本质上的洁白
这样的终局，你感觉怎样

蝙蝠的隐喻

黄昏的光线照上空茫的天际
天边的乌云照例摆拍成晚霞的标准姿势
这不是创世故事,但有类似的逻辑
一只飞翔的蝙蝠适时降临在某个黄昏

一只现代主义的蝙蝠,正把
农业时代的黄昏送走。在地平线的尽头
无尽的蝙蝠正用它们黑色翅翼的阴影
筑起一座天穹般轮廓的坟墓

被伊索嘲弄过的蝙蝠
为但丁和塞万提斯譬喻过的蝙蝠
小施特劳斯渲染过的玄秘的音乐蝙蝠
在电子时代里被信息化了的虚拟的蝙蝠

"在戈雅的绘画中",它们的体积
已长到骇人的极致。它们曾趁夜色
扒开中世纪的内脏,农妇的身体血肉模糊
连黑夜的烛光也沾满了恐惧

看啊,如今又有一群复古的蝙蝠
以祝福的热闹把我们笼罩
而当黄昏的光线照上空茫的天际
乌云照例摆拍成晚霞的标准样式

在青岛
——致 Oyjh

橘黄的礁石像袒露的胸脯
热烈地迎向大海,倒立的天空
在这里摸到了她的花式裙边。神
用一座山护佑一盘珍珠,在白天释放凉意
在夜晚则让它放出耀眼的蜃景

哦,这来自星辰大海的风
对这片水、这土地和礁石说了什么
她用九月的明媚回应海浪一再的盘问
这迷乱的,把流言当作喜讯的夜晚
谁在绽放笑靥,谁在低声哭泣

只能是谣言,是蜃景。对话者只能相信
没人会搬走大海,能把海风关禁
这不是普希金和莱蒙托夫的海
却一样是自由的元素,一样有
扬起了就不能下落的远帆和暴风雨

火山岩

一块石头终于坐到了火山口,它其实
已忘记了自己的来历,作为
岩浆的记忆。受压抑的前史
因沉默而滚烫,因为封藏而涌动
如今它有了铁一样坚硬的质地
它坐在火山口,感受山巅的视线
如一枚王冠的造型,它变成了整座山
最尊贵的垭口。并且忘记了一句
先知的话语,以沉默镇守着
等待向上飞起,刹那间爆裂的快意

喜鹊叫

一只喜鹊徘徊于我的窗下
它在欢喜地鸣叫,仿佛深知
我想要什么,一只喜鹊
叫出了被期许的腔调,它是如此
深知人性的弱点,像是要给我一次
不易觉察的贿赂。给我熟谙而过剩的
甜言蜜语。其实我知道它不过
是看中了我门前的草地,或花园中的
虫子,我知道它看到和预见的
也绝不单是一个"禧"字。但它一直乖巧
且叫得动听,我便乐得接受,且不会
用石块和粗鲁的喊叫声,将它无端惊扰

第三辑　如飞鸟所见

梦中的飞鸟,在又一度春风里看到什么/并驾齐驱的白云,白云下方的人间/比它飞得更高的是金属,这个春天/飞鸟伸长了高傲的脖颈/从祖传的天空中飞跃。……

满江红

一阕词让一条江有了咸腥味
那古老的曲调也是,一个族类因之
而长出了一根骨头。不要以为词语
只是一息声音,没有它
死过的朝代不会还魂
一部史书如同施过腐刑。勿用今人
去丈量古人,别用正眼去看取历史
相信"正义从不缺席"。难道
习惯于迟到本身,不是人间最大的悲剧?
啊,幸好还有这么一阕词。幸好还有
这带缺陷的词语,因之这酒杯中还有
凝固的血块,必要时可重新加热
就着泪水一饮而尽,而后挥笔
龙飞凤舞,鲜血淋漓,气息一韵到底
再引燃那张纸,让那烈焰炙烤一下
古今的宵小,一樽还酹江月
再随血红的江水一泻而下
洗雪古来一切不曾安歇的冤鬼

预　言

"上帝并非结构主义者。"特里·伊格尔顿
如是说。是的，命运的鄙薄这样赤裸裸
连造物本身也显得势利和脆弱
"福柯感染艾滋，命运召回了拉康"
"把路易·阿尔都塞（因谋杀妻子）送进
精神病院"。因此，伊格尔顿预言
"文化理论的黄金时期早已消失"。好吧
连最抽象的时代及其发明者都已谢世
ChatGPT 如今已可以高仿他们的文字
悲观还有什么理由持续。世界走到今日
重获新生的不再是哲学，当然也不是
被梅毒所折磨的尼采——他所预言的
狄俄尼索斯的悲剧，而是一场显微镜下的
壮观末日。呵，这可不是预言，但一定
是思想者的穷途，是高耸的焚化烟囱
所象征的魔幻图景。是超级现实主义的
如椽巨笔，以及作为解构主义者的上帝
以及不断变身，且有无数奇怪编号的
美丽病毒。以及这不断新变的世界
以及我们今生之命运的完美匹配

无 雪

听着，没有雪
没有乱琼碎玉的雪
没有如期而至践行神灵契约的雪
没有漫天飞舞普降甘霖的雪
没有洗雪记忆与遮覆羞耻的雪
没有一扫尘霾叫人想念又想哭的雪
没有装扮万物顷刻间改换天地容颜的雪
没有那找回童年、童趣、童心和童话的雪
没有那谣言般盘旋不去的雪
没有那让人惊悸、叫人激动呐喊的雪
没有风卷残云大于燕山雪花的如诗如画
之雪……没有
这样的冬天，在我们短暂的一生中
并不多见。但它确乎就是这样
黑漆，干渴，陈旧，脏乱，且如影随形
不离寸步，赤身裸体，四仰八叉
仰卧在你寒彻心底瑟缩发抖的身边

拉德斯基进行曲

观众的掌声渐次响起,有关进军
和战事的一切亦随之退去。退去的
还有胜利背后的层层肉身,骨头
死亡的叠加累积。喊杀声毕,且已升华
成为荡气回肠的旋律。硝烟早已重塑
金色大厅只剩这一往无前的曲子,哦
盛大乐会已至延时的终局,只剩胜利者
不受指摘的结尾——锣鼓齐鸣
狂欢的最后一记。鼓掌吧,鼓起
指挥已把乐队交与观众,他们终于
得以亲身参与,成为晚会的主人翁
而不再是傻子与听众。听,今晚高潮
已至,但拉德斯基,那常胜将军的荣誉
已被音乐的华美盖过,又遗弃。哦
看,此刻似有人看见了那一个
白发苍苍的人影,在舞台旁卸妆,且
于僻静处与旁观者击掌相庆,沉浸于
这与他本人完全无关的胜利……

旧台历

岁末尘封的案几上我忽发现了它
在一堆书卷与杂物中,它保持了沉寂
这一年的相守中,它一直如此
仿佛刻意不让我在时间的流水中
看到它的面孔。连它那变幻的表情也
仿佛是专门为了被忽略。这会儿
它就像一个新人的老去那样自然
那样让人漫不经心,从簇新到灰暗
如一个温婉低眉的侍者那样容易
被陪伴者忽略。当我毫不吝惜将它投入
一堆将废弃的杂物,不由又看它一眼
忽觉得它像一个心怀幽怨的早逝者
在进入幽冥之门时给出的一瞥
似一枚锋利的旧刀片,在
薄暮中将我的手掌暗自划破

狮王的暮年

暮色里草丛中卧着一只昔日的雄狮
仿佛暮年我终日卧病在床的父亲

此刻它那雄健的后肢已失去了知觉
如同我弯腰挣扎着挨向厕所的父亲

它那枯黄的鬃毛肮脏寥落,再无昔日光泽
恰似父亲头顶的寥廓,如一片暮冬的荒残

它那垂首的姿势确认,它已是被逐的失位者
那目光的羞怯与暗淡已不只像我的父亲

当然,这也没有什么必须悲哀的
因为这就是丛林或梦中最平常的一天

如同当初它和它的父亲,以及它
与它们父亲的父亲们……必定有过的一天

航 拍

美学的秘诀是从一只鸟的高度
它将看见凤凰的眼睛,它高迈的视线
会"省略过病树,颓墙,栅栏……"
向着无边风景一路奔去
它不会看见,那美学下面的瘙痒和皮癣
也不会看到摩天楼群之间
堆满的垃圾与穷汉。柴房中的锁链
扑火的飞蛾,鼓点上的聋子,那忽略
一切病句的高远,它是这样轻飘
而充满着美妙的快感。它飞着
渐渐飞出了大地的视线
看到了天上的节日,以及诸神的盛宴……

故乡的无名河

就是那条梦中的河流,在一个秋日出现
早晨的苇丛,正用荻花将她梳洗装扮

一条船,一具斗笠,或是一蓑烟雨的烟
河流和秋天的芦苇,隐在淡淡的雾间

历史敲锣打鼓,从地平线滚过
被风吹着的少年,正从河岸梦游

多年后他知道,那是齐王点兵之地①
如今只剩了野草,那战车千乘在哪?

有人横渡泗水,有人远走高飞,有人死于河中
两千年就这样过去,如同这个有雾的早晨

那梦中的河水早已断流
间断被填平,如干涸记忆的草蛇灰线

---

① 笔者故乡有一湖泊名为马踏湖,一条无名河环绕,相传为齐桓公点兵之地,马踏为湖。

篝 火
——给周庆荣

幽闭岁月的末端,是谁点燃了一堆篝火
管他是谁,我们先向火,距离靠近
老花眼只要彼此看清面孔。火燃着
烘干着潮湿的心,霉变的空气
烧有毒的纸张,与命中速朽的文字
甚至我曾在梦中以书引燃过自己
其实,只要拥有"篝火"这个词,就已
足够。"我们都是见过大海的人
心中都有一团火",你这样说时
我的心颤抖了一会儿,也许还有
一个火苗蹿出了心间,也许那
纯粹是因为寒冷,抑或因持续的发烧
但这已完成今晚这火的意义
当然也包括梦中,直至我们的一生
直至终点,我们将自己变成一把火

超 人

世界杯一场关键球赛,观众们都渴望
有如期降临的超人。然而奇迹照例
未曾发生,在神该出现的时候
球只在绿地上滚动,完全没有按照预计
球员们满场飞奔,观众在焦急地呐喊
仿佛他们的嘴巴,能说动飞起的足球
能改变飞行角度与弧线。"门将在玩火"
解说员焦急提醒,前锋的面颊撞出了鲜血
英俊的前锋这次无有神助,伙伴也用尽力气
而球依然未曾打进门框。这一场结束
他们将会回家,并目送老冤家高歌猛进
眼看这一切逼近,结局无法更改
超人那时已铁定隐身,只有十万肉身凡胎
身被旗帜,面着油彩,喊着沸腾的口号
目送大力神金人儿走过,黯然神伤

团泊洼

车过团泊洼,恰逢秋光大好,
"秋风像一把柔韧的梳子……"行车人
没法不想起一首诗。那修辞无比亲切
仿佛出自灵魂,当然,也或许有
些微的空疏。秋风的才华无可置疑
但那盛大的美学却叫人犹疑
而今五十年过去,那土地已埋下了
多少忠骨,多少古老的地名已杳无踪迹
可曾经的团泊洼依旧安静,依旧
有清凉的秋风,甚至它养育的庄稼
也愈加茁壮茂盛,而那悲伤的过客何在
要么已埋入秋天,像他一般沉睡
要么像我这般偶然路过,惊讶
原来那诗中的著名洼地竟在这里
车子卷起秋风,秋风带着庄稼的气息
却不见劳作者的身影,还有冤屈者
那倚锄而望的愁绪。只有高耸入云的
风电机和远处的建筑塔吊,在续写
这荒野的新传奇。并试图告诉我们
一切恩怨与豪迈,都如一首陈年旧诗

徒有祭礼般华美的韵律,或如纸灰燃尽
一个冒烟的谶语,一个让人叹息
亦令人怅惘的白日梦

兔子的素描或隐喻

在丢勒的笔下，它有农夫式的脸颊
瘦削，谦逊，食草者渺小的胆魄
写在那双低眉顺眼之上。灰色的皮毛
作为标记，芸芸众生的模样，匍匐在地
温良可撸，坐稳了一分钟弱肉的姿势
言简意深的隐喻。细密的笔法取自
工匠精神，德意志独有的笔触，这寂静
而略显紧张的氛围，衬托着一切自我的
造像。硕大耸起的耳朵，仿佛在分辨
稍远处的危机，两条用来逃奔的后爪
高耸着与生俱来的紧绷。这就是
动若脱兔的原意，但周遭已被删减
擦洗得干干净净。没有草木可以隐藏
表明这是宛若白纸的世纪初，但我
不能肯定，那温柔的目光里是否
也有1502，一线人文主义曙光的投递？

和光同尘

中午时阳光忽然走出了阴影,这让他
疑心有人搬动了一座高大的楼宇

阴影里阳光的照射如注,仿佛有人
在梦中被流动的黄金埋没

空气一下变得富有,浮动在光线中的
尘埃,忽然获得了带哲理的名字

阳光泻下,光明中的人仿佛
经历了一次短暂的失忆

他看到不远处一小片迷乱的金星
从因仰首而失明的方向中,迅速消逝

2023 年 3 月 20 日

菊花石

把花开到石头中去，犹如
"把灯点进石头"。黑暗和死亡不再
独占永恒。这块石头，早于此人
犹如那菊花的生动，令人窒息的
死后的安静，死亡的栩栩如生
早于前世和身后，让一切不朽之物
觉得羞惭的石头，它蹲伏在那儿
镇住了时间，一切流动的东西
它静静地注视着擦拭者，也制止了我
尝试进入它的企图

打铁的老妇

刷屏者的围观中,她把道具般的旧衣服
打成了铁,把空气和黑屋子
还有瘦骨嶙峋的她自己,也打成了铁
铁花迸溅,她将观者的心打成了铁
这世界在她老而不朽的锤打下
穿上了铁衣,有了道德的铠甲
我猜想她的内心是一块炭,冒着火
但那时她似乎不准备再烧别的东西
她只想用铁屏蔽且耗尽那肉身之火
以防御烫伤别人,那些好奇的围观者
等那火焰熄灭,她方才放松一会儿
那时她衰老的体温也将不再烫人
当她抬头看了一眼那慢慢变黑的铁
我发现,她如铁的眼神中
好像也有一丝不易觉察的伤感……

落　叶

当它们落地，和着秋风与雨水
你才会觉得日子是那么多，又是这样少
仿佛它们的纷乱，它们的多如牛毛
只是为了等待一场秋风。秋风才是
真正的回忆者，如一位书家，把岁月
和记忆那么随意地涂抹。它们就像
一场华丽的歌舞，尽行收纳
无中生有的秋风，用落叶写下诗句
在深秋的光线下蔓延堆积
堆满一个人，无法返回的过去

如飞鸟所见

梦中的飞鸟,在又一度春风里看到什么
并驾齐驱的白云,白云下方的人间
比它飞得更高的是金属,这个春天
飞鸟伸长了高傲的脖颈
从祖传的天空中飞跃。它将看到什么
人群的悲苦,枪口和眼睛,喷射着
不同颜色的火焰。它看到人间的生灵
除了长相近似,他们的灵魂是这样迥异

第四辑　梦中所得

那里有梦中的秘密，所有往事的记录／它们是那样逼真，仿佛在一本从未诞生的杂志里／公然刊登，那样言之凿凿

过零丁洋

从飞机上过零丁洋，止于一根烟的工夫
用三分钟来感怀一次天涯，那天涯末路人

这波光是否能够用来照亮，一位壮士的一生
或者只添加一滴热泪，假如它可以下落

零丁洋，谁为这天涯尽头的水波取名
谁在语词中把一千年来的零丁汇聚成海

一只舢板的失败，一副孑孓一生的肉身
一小片崖山之后，随风吹散的白云

还有一方以波涛命名的灵魂墓地
以及朝向天空，那失败者浩瀚无尽的墓志铭

2023 年 4 月 16 日

忘 忧

寻常人最好的结局
是在年老后患上阿尔茨海默病

正如一个诗人最后的岁月
是像荷尔德林一样疯掉

如是,他或她,就可以回到原初
在佛家是空,在道家是无

在母腹中是未醒之梦
在耶稣基督的羊皮书卷里,是回到

智慧果之前的伊甸园里。是的
夏娃无罪,忘忧草萋萋

无人问津的玫瑰园中
无人问津的玫瑰兀自盛放

王屋山

平原上站立着一个苍颜野老
他的小屋前面，耸立着这闻名已久的大山
他挥动铁锹和铲斗，搬运亘古的传说
四周骄阳似火，蒸腾着难挨的暑热
老者从劳作中直起腰身，眯起眼打量
这古老的山巅，在琢磨该将它搬至何处
该如何让后人编完这个困难的叙事
他抽了一袋烟，又躬下身去劳作
他将铁锹挥动着，仿佛另一个西绪福斯
铁锹下，那些神话与虚无般的碎石滚动着
如同一枚枚死神产下的巨卵

墓地对话

除夕日，在祖居的坟地
我遇见了童年一起玩耍的兄弟
他祭祀已毕，肉身从泥土上站起
递给我一支烟，还有一只粗糙的手臂
他脸上堆着闰土式的笑容
手里攥着一把未烧完的冥币
他指着田地里的新旧土堆，告诉我说
这是父亲，这是七叔，这是因车祸
走了的春来二弟，以及多年前
死得不明不白的小侠贤侄……
说着道着，已四十年过去，还说啥
道啥，如今土已埋到了这里。说着
他指了指胸口到脖子的某个位置
然后给我一个惨笑，我接过烟
抽了一口，拍了拍他的肩膀，说
好兄弟，多多保重，早晚有一天
不管是谁，我们大家都会在这里相聚

2023 年 1 月 28 日

简版红楼梦

售楼员带他去看别墅
他却在想，一则没钱，二则路途稍远

房子是好的，楼宇华美，装饰高雅
可他又空手回来了

回城路上，他给自己算了一笔账
十年后他就跑不动了

那时每天最需要的是医院
又十年后，他要预订的是墓地

那时他的别墅怕已是他人的领地
抑或成了长满荒草野兽出没的弃城

想到此，他先是不觉伤感流泪
而后想自己毕竟没办傻事，又破涕为笑

2023 年 4 月 18 日

丁 香

青鸟不传云外信,殷勤,解却一枚
丁香结。是的,与道之虚无一样
花亦如是,闪电亦如是,古人的幻念
总爱于愁绪中开放,并与花一起
在春风中消歇,且与雨有关
花与雨,命与愁,万物方向皆泥土
愁亦无分中外,从望舒的雨巷
到残酷四月的荒原。丁香
"已不再是它自己,而是一种精神"
一种显示着生而有限的憾恨与美丽
没人会忘却,那刻骨铭心的香气
在黄昏,在一本酥黄的诗集
少年的一次懵懂而慌乱的艳遇
在四月的深海,天涯芳草的尽头
它幻灭中的盛开,一如大海涌起的波峰

大凉山所见

终于找到一个匹配的高度,更美妙的
是笼罩其上的云雾,云雾中有
一只鹰慢飞,路边的牛低头啃食青草
牛群旁一个黧黑的少年,他正
茫然注视这异乡的过客。哦
这车满腹经纶也脑满肠肥的食客
他确实不知,他们车厢里艰涩的话题
更不能想象,他们此行的目的
是要讨论所谓哲学范畴中的
某个命题——"远行与还乡"。是的
他一生都未曾离开这座山
余生显然也不准备离开半步
所以他只报以茫然的微笑。两排
洁白的牙齿亮出,表明他并不知晓
这远行的异乡人,为何对着远山叹息

过沧州

那莽野中的林子现在何处
天涯的穷途末路者,与风雪山神庙
现在哪里。原野上流动的绿幕
能否将人带回一本苍凉的书中
那意境也如一幕古旧的电影,啊,瞧
野猪林中这会儿闪现的应是农家乐
仿古庙宇旁有新盖的商贸大楼
那奸佞莽夫如今在何处饮酒作乐
末路英雄的夜晚是否鬼火憧憧
啊,沧州,这古来的传奇之地
如今除了盛产瓜果,枣子,还有
仅限节日表演的武术。远望中
那些日渐高耸的楼群,在平原
辽阔的背景上,仿佛古书里泛起的
一片海市蜃景……

山 中

"自然的语言在哪里",在风中吹动
或者是不期而遇,山中遇雨
是自然的话语,风中蝉鸣,则是另一种
雨停之夜月上中天,是否也是,当然
现在是在王屋山中,中午时分
有人在说李白,有人在说黄河
有人在谈论智叟与愚公之争
万古时光随流水一去不返
正午的骄阳铺天盖地
群鸟在林间鸣叫着飞起
不知为何又在瞬间栖落
山中如此静寂
仿佛万年之后,有人在梦中一个小憩

海　螺

它的肉身已化为空气
但身形犹像一只鸟
随时准备起飞
——它保留好了飞的姿势

世界上还有这样的奇迹
外形和灵魂仿佛同一个东西
这多像多年后我的名字
已脱去污浊不堪的肉身

只剩了一枚清纯的螺壳
还有我干净如洗的灵魂
在你的书架上静静沉睡
蒙上了一层淡淡的灰

2023 年 3 月 27 日

老电影

在爱河的上游他和她爱着
那时河水初涨,水流湍急
河两岸绿树成荫,野花飘香
在河水的拐弯处他们总会停下来
为他们的未来——也许是今天
拍摄生命中的瞬间,哦,这记忆是如此
真切,仿佛一部褪色的默片
在梦中播映。直到黎明的悬崖竖起
碎片落下,成为一幕转瞬即逝的瀑布

荒野偶遇

那座郊外的破旧建筑里圈养着
一群荒芜的灵魂

时光的栅栏黑白相间
区隔出被药物抑制的安静和缄默

当我注视
他们的深若黑洞的目光,他们已把我
围拢到一座由条纹服围拢的巨瓮中间

一个惊人的事实,是他们几乎叫出了
我和友人的名字

在这座荒野上的疯人院里
挤满了奇怪的思想和面孔

梦中所得

他梦见自己从一只叫作"烟"的箱子中
获得了一沓昔时的手稿,纸张酥黄
沉甸甸的,字迹密密麻麻
仿佛一个账本
那里有梦中的秘密,所有往事的记录
它们是那样逼真,仿佛在一本从未诞生的杂
　　　志里
公然刊登,那样言之凿凿

木乃伊

木乃伊有好听的名字，却有着
丑陋的形体，可见死亡是丑陋的
如果它只是想见证存在，或是基于
不愿死去和腐烂的固执，那一定是
致命的滑稽。啊，这来自墓穴深处的
比死亡还要虚无和异己的物体

木乃伊：最初来自死者对生者的羡慕
或是生者对死者的不舍之意
经过了香料的熏制，与繁复的工艺
死亡与消失一样变得
不再真实。几千年后，它孤独地物化
变成了另一样东西。这鎏金嵌银之物

镶满宝石的棺椁，有着女性般身体的
性感形制，包裹依旧不离生的渴求
且成为盗贼争相夺取的宝物，谁还去想
当初那死后的血腥，开膛破肚的情景
逐腥的苍蝇，还有沾满污渍
与满身尸臭的工匠，被鬼魂缠身的技师

葡萄架

暴风雨之夜,有人忽忆起
老家旧宅屋檐下,那一株硕大的葡萄架

落雨的响声,似在回忆一场更古老的雨
梦中人眼前出现了葡萄架
在雨水中晶亮的模样

有击鼓声,木鱼声,众僧的念经声
一曲盛大彻夜的混合交响

夹杂其间的,还有虫鸣的骤然起落
谁家婴孩促织般似有若无的哭泣
老人难以入眠的叹息声

雷雨之夜,被闪电照亮的葡萄
仿佛醒来的万物,以及逝去众生的魂魄

送　行

每一趟旅程都面临送行。但不同在
这是最后的一次。当然，真正的烈火
尚与他无关。那一刻相信神也有犹疑
他靠近，但确信是为了再次远离
那灼热而锥心的距离。此刻
他多愿寄身一只乌鸦，飞跃亡者的头顶
兜过整整三匝，一如行吊者的礼仪
飞离的那一瞬，一切哲学问题
都会束之高阁。从此向西而去
即是剩余的天梯。人们像鸦群
从四面八方汇聚，有人在此结束
更多的人则仅是绕路，为了一生中
并不重要的某一次。但请记住，别去问
谁会是留下的一个，或早，或迟

分　歧

总有人想把世界玩成概念
而上帝却站在感性一边。他造物时
所遵奉的是形象，千差万别
他甚至喜欢丑陋和弱小，偏执与疯狂
他喜欢与人类捉永恒的迷藏
当你想把事情弄成清晰的逻辑
他却总笑而不语，隐却于万物的背后

埃　及

神发现她的时候已经迟了，地球已开始
飞速转动。在星夜的中央，一块神秘的黑
弥漫出一团最初的火
那时太阳从古老的沉睡中醒来
宇宙中的法，法老，开始伸展他蛇形的意志
他蛇形的头脑释出法力
令地球上这块最灼热的沙地沸腾
并在奴隶的号子中，在智者的咒语里崛起
化为一座巨型的库伊塔卡立柱，以及
无数比山还要雄伟的石质的四棱体

第五辑　灵魂乍现的方式

他在自己的梦中最终觉醒／明白他燃烧的只是一副肉身／还有属于他的以命相搏的时间。而这／只是使他看起来，更显得像一枚／带着油烟味的滋滋作响的赤裸的灵魂

灵魂乍现的方式

梦中有人看到他的身形燃着火
头顶冒着长发般的烈焰,一路飘烟
他拉着虚无的马车,与虚空擦身而过
擦出的高温依次烧着了他的外衣
皮肤,而后是他哲学意义上的本体
而后,是漫长的历史,那豪华词语与
权力的博物馆……他和他那
烟状的马车在昏暗中迤逦向前
在夜色中燃成一团火,在光亮里
又化作一股乌黑的烟。事实上
他一直自行在燃烧中,朝着醒来时的
灰烬。他在自己的梦中最终觉醒
明白他燃烧的只是一副肉身
还有属于他的以命相搏的时间。而这
只是使他看起来,更显得像一枚
带着油烟味的滋滋作响的赤裸灵魂

两滴水

童年的一场雨后,我
在晾衣的铅条上看见两滴水
它们悬挂着,仿佛在动,又仿佛
纹丝未动。但它们是那样让人担心
担心它们会被看不见的风抖落
后来一片乌云从天空飞过,太阳露出来
我抬头看见了那条淡淡的彩虹
从遥远的天空弯垂下来
仿佛一条美丽鱼钩,要以那水滴当诱饵
当我上前试图充当一条鱼,伸出舌头咬钩
它们由两滴并作了一滴,并深深扎入了
我那略感荒凉的舌尖……

堂·吉诃德

开始,做梦的人梦中拧断了仇人的脖子
一件睡衣因此变得宽松
仇人由上而下,施展出粗重的棍棒
他见招拆招,把自己变成了一只
机械做成的磕头虫。但他并不肯认输
继续上前战斗,仇人渐渐变成了一座山
他则成为山下,一只飘忽不定的
飞行于夏夜的萤火虫。此刻
面对再也无法匹配的对手
他只有一个选择,去梦中叫醒
那个名叫堂·吉诃德的朋友……

弹拨者

他怀抱着一把古典的吉他,仿佛怀里
抱着他的爱人。他那样轻柔地弹拨
那些光洁如玉的音符一颗颗落下
如衣裙的纽扣,或失散的地中海泡沫

原野上的雨滴自空气中飘落。它们
彼此追赶,从美人的衣袖,到
演奏者凝神的眉宇。那时,随着一枚
音符的弹跳和跌落,一个横陈的玉体

渐渐舒展而立。仿佛诸神打了个盹儿
天上的珍宝……从某个闸口倾泻而出

流　言

一颗流星化作了一个灼热的词
其实这是一个谎言。但没有关系
这颗子虚乌有的流星已经在语言中
迅猛下坠，击毁了空气中的静寂
还有固若金汤的真相，真实，真理。
更多的火花飞溅到四周，燃着了
草地，丛林，已然动摇不定的人心
以及早已干枯的农事。农人们四散
奔逃，如蚁群逃出洞穴，看着那
孤傲的蚁王，她硕大的威仪正被烧焦
古槐下，一个梦也随之变为了灰烬

角马史诗

神造物的时候走了一下神,不
他是刻意,给万物留下了致命的后门
角马之角向上弯曲,向后超过了
九十度弯儿,这样就使它免于
身无长物,免于手无寸铁,也免于
手握利器——成为慑服众兽的统治者
免于在同类竞争中太过凶猛。或是相反
在天敌的杀戮前全然失了颜面
于是就有了这一幕:当一只鳄鱼
咬住了一条前腿,它只是懦弱地后退
却不会奋力低头,将利角扎向敌人
那柔软的腹部。看起来这多么简单
它只消奋蹄一步,或是低头后
将锐角朝前,便可反败为胜,可它
看来却只有一份等死的倔强
那无济于事的反抗看起来是如此潦草
仿佛那姿态,只是为了让造物主尴尬

漓　江

当初神创造了山与水的极品
却没有造设出可匹配的语言
故它们以从未被词语伤害过的身形
在天地间傲立，且无度地扎堆，汇聚
如果你试图说出或想加以描述
得到的将是更不及物的羞辱

呃，那些浅绿的感叹，碧绿的圆满
那些深绿的忧伤，墨绿的迟疑……
在雨中，在雾里，在晴空朗照
月夜的薄纱，那刻意的欲盖弥彰里
那些变化无穷的形体，无以复加的比喻
那些带着欲望、摒除邪念的美妙隐喻

不能设想，当一轮明月升起
那佛光普照的仙界会不会摇颤
那些将赞美辞弃如敝屣的群峰，会不会
一下化为窈窕多姿的群仙
此刻，我在云层之上怀念那些山水
那无言的叹息，失语的惆怅，还有那些
转瞬即逝的灵感，一直晕眩的倒影……

丽娃河

一条河,没来由从此间穿过
这池传说映照着河两岸青葱的水杉

Rio Rita,丽娃栗妲,这妙人般的妙词
如此令人遐想,又这般缥缈而无厘头

斯班尼亚的,白俄的,旧时代的遗孀们
和她们的缥缈的悲情记忆,浪漫故事

而今令一座学府有了别样气质
也令一个路人发出了一声莫名的叹息

冬日幻感

冬日下午。三点钟的逆光里
我看到冒烟的树梢,在北风中屏息
仿佛白发染上金边,仿佛一位
思春少女正倚窗幻听。仿佛她
造设了一场不合时宜的春梦
万物在纸上发芽,只消等待一场
蒙蒙春雨,或是一场惊蛰的骚动
霎时春光倒翻,堤旁的栅栏猝不及防
绿意像火焰爆燃大地……但就在那时
出租车一个急刹,将我从一刻的假寐中
惊醒。我看见自己的白发在玻璃上倒立
指向了冬日里一个颤抖的哈欠
在叫人发指的寒意中,在迅速
变暗的光线里

昆 山
——赠 HX

昆山玉碎凤凰叫,凤凰何在
岐山以西过于高冷。此昆非彼昆仑
雨夜不会凉于雪峰,在这多雨的土地
河流众多如管弦,弹奏江南丝竹
胡笳十八拍亦不够凄婉,越过汉风魏史
且歌江南,且吟东南形胜。梦中繁华
只消一本书便可说尽,终局必归大荒

天堂之侧有一小片阴影:恰似一块
记忆的补丁。时光古镇的水塘边
溺水的老年比夏日的洪水更决绝
它浮于水中仿佛一只被弃玩具,哦
警铃未响,更未有撕心裂肺的痛哭声
慢腾腾的打捞者如打捞一块垃圾
那样平静和安之若素,只留下
一个噩梦嵌进仲夏夜的星空

转眼寒暑两度,这夏日雨夜的
湿冷,与白昼的炎热恰好相抵,一杯酒

唤起了野湖边那令人惊悚的一幕
何为繁华,何为六朝繁华之地
多年后尚能记否,这雨中斑驳的初夏
弦歌已歇,寥落的大街尽已安睡
只剩一壶老酒在暗中加热,在冷雨中

人世即景

他的仰望中没有看见浓烟,鼻息中
也没有焦煳难闻的气味。看来
技术的高度早已高过了炉火
人们不再会陷于那废弃肉身的恐惧
……此刻大厅背后已炉火熊熊

鲜花丛中安卧着谁的最后尊容
环形的鞠躬队伍,正努力接受
碳基肉身将回归于一小块炭的事实
不远处是有些高远的乌鸦的翅翼
仿佛在刻意提示灵魂去往的高度

拟西洲曲

星空下的记忆为谁而起,它如蝉翼轻翩
倏尔聚合为一座小湖。小湖有西洲
夜风轻吹,撩动谁的裙裾
燕子飞过湖面,呢喃着各自的话语
婉转但叫人听不清楚。呃,那时
湖心的西侧有人,哼唱着若有似无的
小曲。湖心里莲花开得正盛
鱼儿亦正在莲叶下,兀自嬉戏滑行
它们从东到西,由南而北,划出浅白痕迹
此刻琴声渐起,飘渺而渐激荡
节奏如夏雨。直到巡湖人一道电光扫过
它们才在惊慌的兴奋中归于平静

四月的哑巴

四月里的一个哑巴坐在空荡荡的路边
他在观赏一座忧郁的城市。污浊的空气
带着关禁已久的气味,如同
他习惯于沉默的口臭
奔流的河水仿佛在映照世纪的倒影
人影稀少,鬼影幢幢,黑色的云层遮覆天空
拾荒者的旧衣服,横尸般睡在垃圾站旁侧
急救车载着一街的惶恐,正叫魂般急驰而过

蜂拥而至

星群此刻发出了蜂鸣
一场大爆炸余波中的天空

神倾覆了塔尖上的蜂巢
蜂群对着空气复仇

语词被风暴裹挟,此刻正
暗喻出迷乱的星空

失眠的人在黑夜中坐起
对着群巫说请安静

诗 人

在漫长的一生中
他一直有一个梦

写出不同凡响的句子
在深夜盖一座黎明即逝的房子

让大海的波涛反转
在星空翩翩起舞

为此他开罪了亲人
也渐渐失却了所有的朋友

他丢失了一切
最后丢失了自己

但自从他开始装疯
一切似乎渐渐归正

第六辑　乌鸦的高度

一只乌鸦站在树枝的顶端,从上方俯瞰着下方的人群。/它想告诉人类它的一些优越感:比如高度,它可以居高临下;一袭黑衣就有了哲人登临的气质……

流浪者的黑夜

一只流浪狗在黑夜会看见什么?

冰冷的荒野和冰冷的城市。
天边升起了一轮冰冷的明月。明月照彻大地,
　　但大地上的炊烟和晚餐的香味,与它一
　　毛钱关系也没有。

一只流浪狗在黑夜里看见了它的异类,也看
　　见它的同类。
他们都在大大小小的巢穴中安睡着,只有它,
　　无家可归。

它对着原野上的黑影嗥叫了一声。仿佛想
　　宣泄什么,表达它的愤怒,但那声音显
　　得慌张和懦弱,好像才开口就咽了回去。
它想起它遥远的祖先,在荒野上奔跑的情景。
环境并没有改变,但种姓却发生了可怕的衰退。

狗狗看着地上的影子,知道了什么是孤单,
　　这世界上真正的孤单。

曾经，它以为自由的可贵，胜过了它在囚笼般的主家的温饱，主人似乎并不真正爱它，只给了它基本的生存保护，但前提是，它不能随便出行。

于是它逃了出来，以为获得了自由。
但在这样的夜晚，它的悲伤忽然袭来，它开始怀疑自己。
它想回到笼中，但它看到那个热爱而陌生的家，"砰"的一声，紧紧地关上了铁门。

安全感

春和景明。
一只阴鸷的肥猫,站在昏黄时分的窗前。
它正满怀强烈的不快,因为主人又抱来了一只。
它是只流浪猫。
流浪猫满身创伤,主人正在给它施救。而肥
　　猫看到这一切,感受到了妒忌。
新来的小猫已不寒而栗。

猫山上已经站立了三只猫,物理的高度和地
　　形的优势,已经区隔了它们的地位和距
　　离,但它们此刻都充满了警觉。
是的,动物的安全感,与人类如出一辙。
电视里,一场人类的战争正在持续。发动战
　　争的人,以及另一方,正被欺凌的人背
　　后,也在用生命和鲜血,在阐释什么是
　　安全感。

春的记忆

冬蛰的茅草先于虫蛹的转动,露出了嫩芽。
有人已按捺不住,急匆匆出行。纵使他的脚
　　步如履薄冰,已让小草喊出了疼。

此刻,原野上薄薄的雾霭沉滞不动。一只从
　　冬眠中醒来的青蛙,懒懒地趴在它新娘
　　的背上,犹疑,懵懂,不知游走。
说不清楚的气息,道不明白的心思。
春带着蠢,带着虫子,软软地,走出家门,
　　来到了田野,荒地,冒着鹅黄色的烟气。

女孩子说笑着,男孩子打闹着,他们膨胀的
　　身体在悄悄蜕皮。
蜕后的皮肤轻薄红润,一如空气,易于过敏,
　　易于受孕,易于哭泣。

"童年的小火车没有开来。"这一次,有人用
　　掉了一生中最后的力气,他走在面目全
　　非的故乡的草野。
他的鞋子上,霎时挂满了旧时的尘土。

豹　子

一只豹子从林间驰过。它掠过草尖的声音快
　　于一阵风。
一股山泉被惊呆了，它仿佛在刹那间停住了
　　奔流的脚步。
一头羚羊在尘土中飞奔，它几乎已经飘浮在
　　空气之中，比一只惊慌的飞鸟还要恐惧。
它惊扰了林间的光线，像一阵急雨，掠过了
　　屏息凝视的叶子。

这阵风过去，一切好像并未发生。
羚羊消失，已成盘中餐或是逃之夭夭，没有
　　谁知道，也未有人关心过。
旷野里静悄悄的，好像压根儿没有豹子。
也许豹子只是一种精神，或是一阵风本身。

疯　子

瞧，他衣衫褴褛然而目中无人地过来了。
一个疯子。

他一定有超越了俗人的能力。
没人会深究：为什么他在冬天的大街上可以过夜，他吃垃圾箱里的食物会不会中毒。
还有——面对满大街的陌生人，他会不会感到忧郁和孤独，或者他早已忘记或战胜了自己先前的忧郁与孤独。

他还战胜了常人易有的自卑，仿佛他比一切超人，都更加坚强，和麻木。

某一天，我在盛夏炎炎的大街上走着，感觉到身体正被火热的空气炙烤。这时我看到一个疯子躺在几乎被晒化了的柏油路上，身上穿着厚厚的破棉袄。
我吃惊地从他身旁绕了过去，看到他安然无恙地睡在骄阳下。

难道他不热吗，还穿着这么厚的棉袄。一个
　　人站下来问道。

"你没有见过卖冰棍儿的？夏天里卖的冰棍不
　　就是裹着棉被子的么。"另一个人有一搭
　　无一搭地回答。
众人立刻懂了，疯子比冰棍更凉；在炙热的太
　　阳下，他似乎也有着更高的生存智慧。

死胡同

一头猪被赶进了死胡同会怎样？
它会试图跳墙，跳不出，就会反身冲撞驱赶者。
驱赶者也似乎充满了畏惧，担心猪的冲击力，
  因为它也是有质量的。
"动能等于质量乘以速度"，猪的速度相当快。
而主人的愚蠢，就在于只知道赶猪，而不知
  道猪也需要一个出口。
而他并没有准备好与猪来一个迎面相撞。
这时猪反而获得了勇气，而一旦它的蛮力得
  到释放，它就会获得一种反馈，产生有
  利于它的感受。

它甚至渐渐产生了幻觉，仿佛正在成为正义
  的受害者，或者就是正义的化身。
一旦如此，它就获得了致命的道德感，强烈
  的自我戏剧化。
确实它需要这样一种戏剧化。就像曾经的一
  位王子，一旦将自己戏剧化以后，就由
  一个普通人，变成了智者与诗人。
猪现在以百米冲刺的速度冲向它的主人。
躲闪不及的主人想跑出胡同，已经来不及了。

三月的呼啸

三月呼啸着,和着早春的雨雪,和不时返回的寒风。
大片飞过的不是候鸟,不是北归的大雁,而是钢铁载着的仇恨,有着各种必备说辞的炸药。
然而这不是战争的节日,不是狂人的天时。
谁在高兴,谁在哭泣?

遗忘是一种病,悲剧又周而复始。一切皆源于遗忘。他们的伤口才刚刚愈合,就开始了下一轮杀戮的蠢蠢欲动。
几十年后,死难者已全然化为泥土,鲜血早被蚂蚁吸干。森林的土掩埋的,并没有展示在奥斯威辛的纪念馆里。

所以炮弹再次出膛,呼啸着飞向不远处的邻居。
悲剧的秘密就在于人们的遗忘。恐惧可以导致愚蠢,愚蠢可以衍生遗忘,众生的遗忘就是历史的重临,曾经被唾弃的一切,又堂而皇之地返场。

强人的特点就是不容置疑。时间一久,强人对自己的正当性就会深信不疑,这反过来加固了人们的愚蠢与遗忘。

三月的夜晚,一切都在沉睡。你能够叫醒谁呢?

乌鸦的高度

一只乌鸦站在树枝的顶端,从上方俯瞰着下方的人群。
它想告诉人类它的一些优越感:比如高度,它可以居高临下;一袭黑衣就有了哲人登临的气质。
它骄傲地想,这些鼠目寸光的人类。
它聒噪着,发出含混不清的声音,用了似是而非的话语。
虽然与下方的人群并未搭界,但它还是感到了某种骄傲,仿佛这也是一种话语权。
乌鸦也学会了聚集,它们在冬季的社交欲望,似乎更加出众。

乌鸦骄傲的还有一点,它不需要一只巢,而只需要抓紧树枝,任凭大风呼啸,它依然站稳了树梢。
所谓家园,对乌鸦来说,就是树梢,而且它还会挑选;月明星稀之夜,它绕树三匝,恰似无枝可依,但最终,它还是会站上其中的一枝。

一袭黑衣增加了它自我的神秘感,作为晚礼
　　服,它出席的是一场黄昏时分的辩会。
完全意义上的高谈阔论,声音嘶哑,无人听
　　懂,但它兴致勃勃,以为高屋建瓴。
一阵猛烈的北风刮过来,树枝剧烈地摇晃起
　　来,它抓紧树枝,仿佛荡起秋千。

乌鸦的黑衣加重了夜色的浓黑。
它裹紧自己,如一朵黑色的花苞,仿佛一个
　　属于黑夜的幽灵,在黑暗中绽放。

白桦林

不要让我看见那致命的白色，它那么耀眼！
蔚蓝色的天幕下，在茂盛的北极草丛中。

哦，秋已深。白桦林像是正思考的少女，像
  是在哭泣的竖琴。她将用什么样的身躯
  抵抗这北国的严寒，她将如何与北风的
  刀子构成致命的合奏？

秋已深了。肃杀的霜天正渐渐逼近。
她要说什么？是那无尽长夜，还是无边的白雪？

看她那无数双眼睛，那深嵌在伤口上的眼睛，
  那被秋风催落的泪滴。
白桦林，将用她那婚纱般的白，抵抗北国的
  漫漫黑夜；用她那竖琴般明亮而柔软的身
  姿，抗拒那无边的陌生与冷硬。
还有死一般无尽的严寒，以及死神，还有死
  亡本身。

退　潮

有人试图走向汹涌的大海,但那时大海正在退潮。
他愕然面对这一盛大的场景,仿佛迟到者面对着一个战场。

剧烈的时刻已经过去,期待中的英雄不知所终,大海边只剩下了波涛的遗迹,神离场后的废墟。

当然,大海仍在不远处,神仍在澎湃中呼吸,给临场者以荒芜的教育。

临场的迟到者,只好把目光交给了近处。他看到了那些被潮水戏弄的礁石,它们赤身裸体的羞愧,还有那些被遗弃的最弱小的生命。

一切都结束了,虽然依旧会有重新开始。
但是现在,岸边一片萧瑟,大海无限荒芜。

圣 歌

黄昏时分我听到一首圣歌。

那时我正路过一场浩大的飞雪,圣歌如洁白
　　的鸽群在天空滑翔,盖过寒冷与晦暗;而
　　树上的寒鸦正在树巅聒噪,它们仍在一
　　场古老的争吵中。
哦,胡同口的黑衣人,他们站在树下,也在
　　宣示着他们的权威,我听得见他们那黑
　　色言辞中的火,魅,与黑。
黑与白,在同样古老的对峙中。

但忽有圣歌飘过,如另一场漫天大雪,将这
　　混乱的人间戏剧一并埋过。
呃,正值春的前夜。万物试图敞开的肌肤,
　　在夜色笼罩的寒气中徘徊;冬眠或垂死的
　　肉身,正拼命长出嫩芽。
雪落着,她像一件神的斗篷,温柔而辉煌地
　　漫过。
被她遮盖的众生,安详一如静物,或回到初
　　生的婴儿。

它们洗去了罪恶。
连聒噪和争吵也被大雪湮没。

是的,一切的罪孽与恶,都会被埋没。
管风琴响着,雪落着,请仰面承受,不要错过这盛大的美丽和安详,请接收这雪的赞美,还有爱。

评 论

谈诗片段（上）

一旦我们尝试直面语言的本己要素来沉思语言，那么，这条道路就不只是最宽广的道路，而是充斥着来自语言本身的障碍的道路……

——海德格尔《通向语言之路》

1. 生命成长中的诗歌

德国的思想家海德格尔说："词语如花……"卡西尔也说过大意如此的话。这话可以借来回答什么是诗歌。"诗歌正是语言的花朵"，毫无疑问这种解释是准确的，但还不全面，更准确的解释应该是："诗歌是生命中开出的语言之花。"

为什么会是生命开出的花朵？因为它是一种内心的需求，这其中有很多奥秘：比如语言本身的生长性，一个人学会了走路，他就想跑，想跳舞——瓦雷里说，诗歌好比是跳舞，散文则是走路。学会了说话就想把话说得漂亮，写出漂亮的句子；还比如文明变成了制度的规训，它生成了一套坚硬的文化制度和表达规范，使人不得不通过另类的语言形式进行逃避或者反抗——所谓"酒神"状态即接近于诗歌的状态，而"日神"状态则是理性的状态。酒神创造了艺术，也引发了精神上的癫狂，或者反过来，精神的癫狂也类似于酒神状态，癫狂的人也类似于诗人。所以尼采的著作里充斥着对酒神的赞美和呼唤。雅斯贝斯也说，伟大诗人都是类似于精神分裂症式的人物，其他人则是无数"欲狂而不能的模仿者"。他说："寻常人只能看见世界的表象，而只有伟大的精神病患者才能看见世界的本源。"人只有在其生命达成了与世俗理性相抗衡的状态的时候，才会接近诗，或接近于成为一个诗人。如哈姆雷特"装疯"后就近乎一个诗人了——"生存还是毁灭，这是一个值得考虑的问题"，是徒然忍受命运的毒箭，还是挺身反抗……鲁迅《狂人日记》中的狂人，最初也是一个未完成规训的年轻人，他说中国五千年的历史，横看竖看只有两个字——"吃人"，这时他也近乎一个"诗人"，后来就被压制和治疗，最后"赴某地候补"了。这表明：诗歌与青春有关，与叛逆有关，每一个青年人都是一个潜在的诗人，就像所有的植物在春天都要开花。

生命中需要自由，有表现的本能。每个人的青春中都会产生出诗情，或者说，健康的生命中自然就包含着诗。

在最初，在青春时期，诗歌的可能性是最大的，美好的句子，漂亮的修辞都是诗。为什么有人喜欢汪国真那样的诗？那是因为他的这些句子本身是"属于少年的诗"，我把这样的东西叫作"青春期的修辞冲动"。每个少年都曾经有这样的"语言增长期"，他或她有着过度和过剩的修辞欲望，所以会把一些漂亮的字句连缀于一起，而词语之间天然的"蒙太奇效应"会使它们彼此产生出乎意料的语义增值。所以，与其说是作者在写作，不如说是词语在写作——这是一种"自动写作"。很显然，如果它的作者是少年，那么这有可能就是很好的诗歌；如果是一个成年人，他是专门写给孩子们看的，那也可以"容忍"；但是如果他不明白这一点，还真的以一个成年人的身份来肯定自己的诗，甚至认为有一天会染指诺奖，那就变成了一个笑话。

十几年前有一位诗歌界的长者曾告诉我，他学会了用词语拼接的方式来"写作"——把名词、动词、形容词分别放入一个抽屉里，然后闭着眼从中任意摸出一个，自由组合，居然一个小时可以"写出"十几首诗，而且稍加修改都"可达到发表的程度"，他很得意地这样夸耀，以为自己非常前卫和聪明，但我认为他是"为老不尊"，他至此完成了自己作为"诗歌混混"的一生。这样的人确实不在少数，有人一生发表了大量的诗歌，在自己的简历上也大言不惭地写着，但其实没有一首是与自己的生命有关，遇到五一写五一，遇到国庆写国庆，卫星上天他写诗，有自然灾害（如地震）他写诗，就是从来没有真正关注过个体生命。当年杜甫也写过国家大事，"剑外忽传收蓟北"便是，但他写的还是自己："初闻涕泪满衣裳。却看妻子愁何在，漫卷诗书喜欲狂……"是真实的个体情感的反应，与自己一生的命运有关，与自己飘零的身世、日趋年迈的身体与乡思有关，所以会感人至深。而这位长者对于诗歌的理解表明，要么是他一生没有走出对诗歌的误解，要么他干脆就是一个骗子。

所以，诗歌必须随着生命的成长而成长。生命的成色便是诗歌的成色，如果一个写作者到了中年，还在写青春期那样的诗歌，还在"撒娇"不已，就是令人厌倦的——当然，如果是反讽意义上的撒娇，那则另当别论。顾城一生至死没有走出精神的童年，但他是真实的，他是拒绝成长和世俗化的诗人，虽然也属于精神的撒娇，但他最终的悲剧完成了这种撒娇的真实性。某种意义上，他的诗歌也与自己的命运互相见证，死亡的主题升华了他所有的撒娇。

2. 诗歌的"实践"与伦理

诗歌具有奇特的"实践性"。在所有写作活动中，唯有诗歌是这样的情形。它与写作者的行为有关，与作者的生命实践和命运轨迹有关。也就是说，作品和作者是互相印证的，所谓"知人论世"——早在两千多年前孟子就提出了这样的说法。任何对杰出诗歌的理解都近乎对一个生命传奇的接近。"诗人"有着与一般作家不一样的身份与性质，它充满了人格意义。这是他先天的优越，也是他无与伦比的代价。

这非常难，甚至带有悲剧性。假使屈原写出了悲愤的《离骚》，却还得意地在世间苟活着，那就成了一个笑柄；假使李白一直居于皇帝左右，当着他的御用文人，那么他写那些游仙访道、落拓不羁的诗篇，便成了一个虚伪的骗子。反过来，所有伟大诗人的人格行为，都会为其作品提供某种印证，或者干脆就是其写作的一部分。可以说，伟大的和杰出的诗人其作品的完成，常常不是用笔，而是用其生命本身。显而易见的当代例证是海子——虽然我并不赞成把他的死亡神秘化和传奇化，但正如哲人对自杀的理解一样，这"自由而主动的死"（尼采语）最终成为他伟大诗歌理想的一部分——"天才和语言背着血红的落日，走向家乡的墓地。"诗歌中充满了谶语一样的预言，一切后来的行为在诗歌中仿佛早已发生。

所以雅斯贝斯说，伟大的诗歌是"一次性的生存"和"一次性的写作"，海子也反复提到"一次性诗歌行动"的问题，他是把生存和写作合起来进行思考的。"一次性"就是不可模仿和复制，是写作和生命实践完全的合一。

  但当代这样的例子越来越少了，据说现在诗人们所信奉的箴言是"像上帝那样思考，像市民那样生活"。有人说这是歌德的名言，但雅斯贝斯又说，在所有伟大诗人中只有歌德是例外——他是躲过了深渊而成功的一个，而所有其他的伟大诗人无不是"毁灭自己于深渊之中，毁灭自己于作品之中"的。这话虽然有点绝对，但很富启示性。19世纪的诗人确都曾经试图践行他们的诗歌理想，拜伦是一个例子。鲁迅青年时代最崇拜他，很多浪漫主义诗人都把他当作了榜样。他热爱希腊的文明，就捐出了自己全部的财产武装了一支军队，亲自担任指挥官，最后三十六岁牺牲在战场上，实践了他作为浪漫主义诗人的身份和角色。

  如果说浪漫主义诗人都有着轰轰烈烈的生，有着传奇而宿命的死——拜伦是死于解放希腊的战争，雪莱是死于横渡亚得里亚海的壮举，普希金和莱蒙托夫都是死于骑士式的决斗；那么现代主义诗人则多是有着荒谬的死或分裂的生，陷于精神分裂的或者自杀而死的都不在少数，错乱或夭折者如兰波、魏尔仑，如弗吉尼亚·伍尔夫、西尔维娅·普拉斯，还有从未来主义到社会主义者的马雅可夫斯基，有亚历山大·勃洛克、叶赛宁，甚至这种情形也蔓延到了小说家那里，如爱伦·坡，如川端康成和海明威。其实范围还可以更广，在现代主义艺术家那里也是一样，凡·高、达利，在更早的诗人那里也广泛存在，在茨威格的《与魔鬼作斗争》一书中就叙述了三位疯狂的悲剧德语诗人：荷尔德林、尼采、克莱斯特。

  可见诗人的命运总是不好。这一方面是因为诗人大都有着格外纯粹的灵魂，他们与世俗力量之间常常保持着不可调和的冲突，而这冲突的结果必然是以他们的失败而告终。因为这世界上的人虽然都声称热爱艺术，但又都有个习惯的毛病——崇拜远处的诗人，恐惧近处的诗人，对前代的诗人好，对自己时代的诗人坏。施蛰存有一篇文章，叫作《怎样纪念屈原》，其中说，端午节到了，我们又忙着开会纪念屈原，可是，如果屈原活着，我们还不是仍旧要放逐他，让他去孤独地死？我们是在纪念着前代的屈原，然后又在嫉忌着同时代的屈原。无独有偶，梁实秋也有一篇文章，题目大约叫作《假如隔壁住着一个诗人》。和施蛰存的文章比，它就不那么厚道了，但它反证了前文的意思，人们对近在咫尺的诗人总是充满狐疑和提防，或至少是不信任和不舒服的。

但诗人也不能把自己的身份理解为是一种"优势"，因为过往的诗人，优秀的诗人，其人生大都具有传奇色彩，所以有人便以为自己写作，也就有把自己传奇化，或按非常规的方式为人处世的特权，以为引诱少女不是道德堕落，杀人放火不是犯罪，或者吃饭用不着埋单，欠债用不着还钱，梦想有两个以上的老婆可以成为文坛佳话……这些做法也都是一种变相而低能的撒娇。

因了这种实践性，所以优秀的诗人大都是悲剧的命运，因为他用生命承担了那些理想性的东西，他因为谦卑、软弱、逆风而动和必然的牺牲而使人尊敬。

相比之下，小说家不需要这种印证，他自己的行为完全可以与他写作的文本分开，因为小说就是"虚构"，就是"fiction"；而"诗"则是"言"与"寺"的合一，是必须要信守的诺言和神性的话语。因此食指说"诗人命苦"，确乎感同身受，体味尤深。但好的小说家也是诗人，也有诗性的小说，《红楼梦》便称得上是"无韵之离骚"

了，而且曹雪芹的人生也与他的作品可以互相印证，故他也在小说的开头有一大段真真假假的抒情，"假作真时真亦假，无为有处有还无"，"满纸荒唐言，一把辛酸泪"。这表明，好的小说也是诗，而做一个诗人确实难于任何一种写作者的角色。

3. 诗歌或诗人的四个范畴

有各种分类法，我把诗人分成四个级别——这只是比喻的说法，不是学理意义上的划分——伟大诗人，杰出或重要的诗人，优秀诗人，通常的诗人。当然，还有"假诗人"，但已不作数了。

伟大的诗人是"居住的世界中心"的诗人，博尔赫斯称之为"诗人中的诗人"，海子关于这类诗人则有精彩的论述，他们是一些"王"，像荷马、但丁、莎士比亚……这当然很玄，如果通俗地理解也可以这样说，最伟大的诗歌，必然是包含了诗人不朽的生命人格实践的诗歌，像屈原、李白、杜甫……像十九世纪欧洲的浪漫主义诗人，他们大都曾为他们的理想奋斗甚至付出了生命。前面已经说过，他们可能是一些命运的失败者，就像屈原、李白。海子也说：我必将失败，但在诗歌中我必将胜利。确实，世俗意义上的海子可以说是一个失败者，但他"伟大诗歌"的理想却因此而得以实现。

这是一个艺术哲学的问题：伟大诗人是不能模仿的，因为模仿也没有用，雅斯贝斯和海子都说过，这是"一次性的生存"和"一次性的写作"，而一次性即是不能复制的。有人曾忌恨海子的自杀，认为他把"自杀的风光"也占尽了，这种说法虽然荒唐，但也有道理，除非写出了他那样不朽的诗篇，否则即便是自杀也成不了海子。

实际上还可以换一个说法,"诗歌"的最高形式应该接近于老子所说的"道"。"道"的原始形态是抽象意义上的最高理念,也如柏拉图所说的"理式",它可以被"道"——即"说出",但一旦说出也便不是原始的"道"了。诗歌的最高形式即是关于诗歌的最高理念和标准,它不是负载于某一个文本之中,而是存在于一切文本之中,是一切文本中所蕴含的规律、本质和规则。但这个东西常常很难显形,人们通常只会借助最伟大的诗人来象征式地使之显形,因此最伟大的诗人必然是诗歌最高形式的象征、载体或比喻。当我们说伟大诗歌的时候,就是在说荷马、但丁、莎士比亚和歌德,就是在说屈原、李白和曹雪芹;反之亦然,当我们说这些诗人的时候,也就是在说伟大诗歌。

其次,杰出和重要的诗人也都具有实践性,都与命运有关。借用李商隐的诗句即是"春蚕到死丝方尽,蜡炬成灰泪始干"。"春蚕吐丝""蜡炬成灰",这都是燃烧生命参与创造的过程。我们可以举出食指的例子——我曾说食指是我在"活着的诗人"中最尊敬和喜欢的一位,为何?因为他用命运实践了他的作品,他的作品因此而感人,这不是文本的"复杂"与否所决定的。许多人的作品都远比食指要复杂,有更多智性,但却没有他那样的感人和分量,何故?这就是见证的作用,他用自己的生命见证了这些诗歌的意义与内涵,这样的价值是不能替代的。比如,几乎所有爱诗的人都读过他的《相信未来》,但他的"未来"现在已经变成了"过去",并且被见证是"失败的未来",但正是这悲剧性的命运以及失败的验证,才使他的文本不再是单纯的文本,而成为感人至深和充满见证性的创造,和海德格尔称颂凡·高的《农民鞋》一样,它们"使命运成为了命运",也"使世界世界化"了,和海子一样,他在自己的诗歌中得以"胜利"。

荷尔德林也是这样的例子,当然,按照他的水准也完全可以进入伟大诗人的行列,他的命运中充满了传奇性的失败。他活着的时候,他的两位在图宾根神学院的同学,弗里德里希·黑格尔和弗里德里希·谢林,都已经成名,但弗里德里希·荷尔德林却是在死后几十年才被重新发现和阐释的,他的意义很久后才获得了反复的确认和放大。为什么会这样?除了他那充满自然气息与神秘启示的吟咏和语言,他日夜行走于日耳曼尼亚的土地,他对于诸神和祖国的那种热忱,也是他诗歌的一部分。用中国人的话说,他的一生也是"行万里路,读万卷书"的一生,精神的边界和生命经验的边界是匹配的,甚至是重合的,包括他生前的失意和多年后才被承认和重新发现的传奇,都构成了他命运的一部分。唯有如此,那诗歌中才充满了真正纯粹和感人的诗意,以及见证性的力量。

但春蚕吐丝、蜡炬成灰的见证性,并不是狭义地将诗人的身份和命运道德化,它只是说写作者一点一点将自己的生命织进了自己的文本之中。范仲淹的赋文中所提到的那些迁客骚人,那些流徙江湖、远涉海角的人——像杜甫那样"百年多病"的流离岁月,苏轼那样几乎山穷水尽的流放生涯,还有王安石那般郁郁寡欢的晚年,都同样通过诗歌将之永久地凝固下来,并以诗歌的形式完成了他们多难和多舛的人生。甚至像李煜那样曾经作为"昏君"而后又"一朝沦为臣虏"的亡国之人,也正是因为失败而写下了那么多感人的词章,否则他也就只是一个"通常意义上的诗人"了。

通常意义上的诗人只是"作为文本符号的诗人",他的名字中没有太多"人本"的内容,因为这样的诗人作品中很少能够看到某种生命人格的实践。这也很正常,写作者完全可以使用分裂的方式——"上帝"和"市民"的不同方式,他有这样的权利,只"用笔来写作",而不会让人生太多地参与其中。我们在现实中看到了太多这样的例子,因为写诗而生存变得越来越困顿,官越做越小,钱越写越少,因此,小心翼翼地保护着自己的世俗利益,这也是现今的写作者最常见的做法。

但这也不是一个可以道德化或污名化的命题,不能因为诗歌中没有太多生命参与的痕迹就可以蔑视一个诗人,他同样可以是一个手艺精湛的写作者,同样可以留下传世的诗歌。张若虚、崔颢,还有写出《题都城南庄》的崔护,我们都并不了解他们经历了什么样的非凡人生,但他们的诗歌同样感人至深,缘何?大约还是那诗中有一个灵敏的主体,一个不寻常的感受者,我们会把那个主体看成作者的影子。"谁家今夜扁舟子,何处相思明月楼","日暮乡关何处是,烟波江上使人愁","人面不知何处去,桃花依旧笑春风"。在这些传世的句子背后,留给我们想象的,都有一个感人的生命处境。

这也是诗歌的奥秘,写作只有呈现了生命处境的时候,才会具有感人的力量。能够做到这一点的,便是通常意义上的诗人中的"优秀"者了。而如果不能做到这一点,那么也就只能是一个"一般意义上的写作者"了。

4. 中国诗人的身份与写作

同样是一个敏感的问题。有太多关于身份的角度可供思考。

有时候,身份会奇怪地缠绕在诗歌中,屈原的诗中显然有一个试图拯救国家而不能的"上大夫"的身份，但归根结底，这个身份又转换成了诗人，一个"朝饮木兰之坠露兮，夕餐秋菊之落英"的、全身披满鲜花和香草的、失意的男人，一个近似于精神失常的、对周围的人都不信任的自恋自艾的人。李白和杜甫也都曾有小得意的时候，拂面的春风溢于言表，但最终他们都确立了自己在诗歌中的角色：一个边缘的、潦倒和喜欢自由的人，或者一个在失意中仍然顾念家国、心怀天下的人，一个范仲淹所说的"居庙堂之高，则忧其民；处江湖之远，则忧其君"的人，这样说看起来有点矛盾，但中国古代的知识分子在这个问题上很有智慧，他们建造了一个"儒道互补"、进退有据的文化结构，这个结构赋予了他们两种权利自由往来转换的便利。

中国现代诗人的身份就面临了许多难解的问题：当他还是自由之身的时候，他的叫喊或者抒情都是有依据的，像《女神》时期的郭沫若，那时他几乎是一个创造的精灵。但稍后他的身份发生了改变之后，他的写作也便失去了自由，创造力变得令人匪夷所思的低迷。40年代初曾创造和抵达了新诗诞生以来的某个高度的冯至，在50年代以后，也只能写《韩波砍柴》那样的顺口溜了。艾青也一样，只能写《藏枪记》那样的快板书。从30年代的《太阳》《我爱这土地》到《国旗》和《春姑娘》之类，艾青的变化也令人难以理喻。至于到1980年朦胧诗浮出水面的时候，他也以"叫人读不懂的诗起码不是好事"为逻辑给予了批评和否定。可是当我们略加比较便可以得出结论，没有一首所谓的"朦胧诗"在阅读的难度上能够达到艾青在30年代的写作水准，但为什么艾青会声称它们是让人"读不懂"的诗呢？

身份问题还在持续地起作用。1987年之后，名噪一时的"朦胧诗"代表诗人们，除舒婷以外大都远走他乡，但我们有一个疑问，北岛和杨炼，他们成了何种身份的诗人？是"好的诗人"呢，还是只是"流亡诗人"？如果去掉身份政治的符号，他们还剩下多少诗歌的分量？顾城为什么会自杀？除自身的性格与精神原因之外，有没有一个身份的困顿？我认为是有的。他在国内时曾产生过由虚构的外部压力和读者事实上的万千宠爱所带来的巨大幻觉，这种幻觉在他出国很久以后还在起作用。因此，他一直还过着一种延续下来的"精神撒娇"的日子，这种精神撒娇所凭据的很大程度上是原先国内的身份和语境。当他一直不肯更改自己的角色和心境的时候，只能变得越来越失衡、虚浮和暴躁。他的悲剧从总体上看，应该不无这层关系。

还有，一直备受读者爱戴和喜欢的舒婷，1987年之后也差不多终止了诗歌写作，渐渐变身为一个"散文作家"。这也至为奇怪，为什么呢？在"日常生活"的意志得以回复之后，在冰消雪融和特定象征的"秘密话语"失效之后，还能否保持写作的心境，这是个问题。事实上，舒婷正是在这样一个检验面前发生了迟疑和犹豫，如果不能使用原来的一套由"星星、紫云英和蝈蝈的队伍"组成的话语，那么写作的激情和必要性是否还能够持续存在？表面上看，舒婷是把"童话诗人"这个身份赠与了顾城，但她自己又何尝不是？"你相信了你编写的童话，自己就成了童话中幽蓝的花"——她和顾城所使用的象征语码，是同一种系统。很显然，选择和调整话语方式就是重新选择写作的身份，由一个反抗者的角色到一个常态的言说角色，也意味着必须由隐秘话语的持有者，转化为常态话语的使用者。在这个过程中，诗意的存续面临着考验，舒婷终于在危机面前停下了脚步。

比较幸运的也许是所谓"第三代"。他们大多数出道时所喊的口号就是比较"低调"的，是声称"破坏"和相对粗鄙的一群，所以，他们一直不存在身份的落差。倒是在20世纪90年代初期的社会压力下，他们又像被其所"Pass"的前辈一样，成了体验意义上的坚守者和道德精神的化身，成了"劈木柴过冬的人"（王家新诗句）。尽管这个短暂的冬天也给他们带来了些许压力，但却长远地帮助了他们，让他们的文本和诗人身份意外地很快通过"出口转内销"的通道而经典化了，他们的形象忽然变得高大和神秘起来。不过在这之后，在社会环境再次发生转换——渐渐由一元政治社会过渡到二元的市场时代——的时候，他们到底是眷恋于自己90年代初期的异端身份呢，还是要在网络时代的乱象中适时予以更替，完成日常生活的过渡，恐怕也不是一件十分容易的事。"盘峰论争"事件的发生背景，正是这样一个身份困境的反映，一个身份分化和转型的信号。

2007年的一次汉学会议上，德国的汉学家顾彬无意中流露了一个说法：当他在否定和贬低中国当代文学（主要是小说）的时候，突然发现了现场的几位中国诗人，他改口说，不过中国的诗歌是好的。"但是，"他停顿了一下说，"那已经是'外国文学'了——不，是'国际文学'的一部分了。"他意识到自己也许说得不够得体，把"外国文学"改成了"国际文学"，因为"国际文学"基本上可以看作是"世界文学"的同义语。但这个话语中不经意间暴露了一个秘密，那就是，中国当代诗人的国际影响，很大程度上是以被标定和改换身份为代价的，尽管这种情况在苏联也有过，但不会像顾彬教授说的这样过分。因为他的话逻辑上也可以反过来：正因为中国的诗人是"国际化"了的，所以他们的诗歌是"好的"。这当然也没有错，中国的诗人为什么不可以国际化呢？但前提是，如果他单纯作为一个"中国诗人"，能不能说是一个好的诗人呢？如果只是因为"中国的诗人"已经成为"国际的诗人"而得到比较好的评价，那么我认为这个评价仍然有着不够真实的成分。因为说到底，西方的人民并不需要用外语书写的他们的文学，而中国的人民也不太需要自己的诗人用汉语书写的外国文学，他们需要的是言说当下的自己，他们需要用汉语书写自己的现实经验的诗人。

所以，我以为中国的诗人必须首先真正甘于做本色的"本土诗人"，最终才能成为真正的"国际诗人"。

5. "现代诗"的最大特点是经验化

经常会遇到提问，也经常会自问：现代诗与传统诗歌之间有什么不同吗？思索良久，认为应该是在于经验化。

但问题没有那么简单，中国古典诗歌难道不同样是表达"经验"的吗？是的，杜甫的"会当凌绝顶，一览众山小"和李白的"抽刀断水水更流，举杯消愁愁更愁"都是，苏轼的"欲把西湖比西子，淡妆浓抹总相宜"以及陆游的"山重水复疑无路，柳暗花明又一村"更是，甚至李商隐的"何当共剪西窗烛，却话巴山夜雨时"都带有"直觉性经验"的色彩了，有"下意识"在其中了；还有，普希金的"假如生活欺骗了你"，和"而那逝去的一切，将变为可爱……"也同样是经验，拜伦的诗歌中充满着大量的生活哲理和智慧经验，雪莱也一样。但是，这种经验通常是比较"正面"的，是道德化和观念化了的，是以"真善美"升华过的，其诗人也常常是"道德的典范"，是"爱国主义的"或者"浪漫的"诗人形象。

本雅明显然是反对诗歌主体之道德化的，他从波德莱尔作品中的"拾垃圾者"形象中生发出了关于"现代主义"诗歌的形象诠释，"拾垃圾者和诗人都与垃圾有关联……甚至两者的姿势都是一样的"，"流氓无赖主义的诗就是在这种飘忽不定的光亮中出现的"。很显然，现代主义者笔下的经验变"丑"了，最起码，它也已经成为一种"中性"的东西，它不再具有道德教化和典范楷模的作用，与古典时代、浪漫主义时代诗歌中美善的理想、健康或合理的人性情感相比，其立场的人文主义倾向性有根本的不同。

现代诗歌更多的是一种"隐秘经验"，或对于通向经验深处的"隐秘通道"的寻找和提供。某种程度上，它可以称为是"人类隐秘经验的语言绽放"。这使诗歌具有了别的载体无法替代的意义，因为很显然，现代社会已是一个媒介高度发达的社会，人们不一定再依赖于文学这样一种样式来实现原来的认识功能，类似于孔子所说的那种"兴观群怨"的作用，后人所称赞的"刺美"的功能，还有诗教传统中精神激励和人格教育的功能，都逐渐淡化或丧失了。但是无论媒介怎样发达，人类关于经验世界中最幽暗和最灵敏的部分，却是任何别的方式所无法传达的。所以，一方面人们说"文学（诗歌）不会消亡"是可以肯定的，因为只有它能够承担上述义务；但另一方面，文学的功能又发生了微妙变化，这一点也必须要予以正视，它变得越来越琐细和隐秘了，越来越不那么高尚和高级了。

但有一点是可以肯定的，它仍然是深刻的。因此弗洛伊德便越来越有市场了。他的那个著名的观点——"文学是力比多的升华"的说法,也更具有说服力。为了显示这种"力比多"与"升华物"之间的关系,有的写作者干脆将"力比多"也一发捧出,使之惊诧于大庭广众下的人们的耳目,让人对这样一种"裸露性"的叙述或表现予以对证认知,虽然并不高尚,甚至有几分阴损和恶毒,但却别有深刻之处。韩东在90年代所写下的一首《甲乙》之所以让人感到震彻骨髓,感到心寒发指,便是把"未升华"——大约也永远不会再升华——之前的"真相"和盘托出了。一个"用下半身反对上半身"的诗歌派别的诞生,也与这种观念有关,它就是刻意要展现未加工的部分,并且置精神和上半身于尴尬的境地,其目的都是为了强化人们对下半身的正视。从大处来说,特别是从逻辑上来说,这种做法并没有什么不妥,尽管某些极端性的文本是无法登大雅之堂的。

"诗歌之恶"在这些文本中得到了宣泄和暴露,但这种暴露不宜简单地予以否定,因为它的暴露的背后,往往是对于人性之恶的隐喻,或反讽式的传达。

小说家格非在其一篇著名的小说《傻瓜的诗篇》中,曾引用了一位"他们"成员的诗人的作品,这首名为《断想》的诗歌共有六行,分上下两阕——其实也就是上、下半身,上半身是"升华"过的诗句,下半身是"力比多"的直述,"我想唱一支歌/一支简朴的歌/一支忧伤的歌",这几乎是一首"浪漫主义"诗歌或局部了;但下半身便有些粗鄙和不堪——"我想拥抱一个女人/一个高大的女人/一个笨拙的女人"。不止粗鄙,还有点变态了。作为深受弗洛伊德理论影响的作家,格非的引用显然是要凸显"文学是力比多的升华"这一放之四海而皆准的定理，为了直观地凸显，他十分"匀称"地同时将两者予以了并置处理。小说中另一个绝妙的安排是将"傻瓜的话语"与"诗歌文本"也做了互文的处理，使诗歌获得了一双奇怪的两翼：精神分裂和生物本能。确实非常富有哲理和启示。

但无论是经验之恶还是人性之恶，也都并不是现代诗歌的全部，超越性的精神无论何时都是诗歌最核心的支点和部分。之所以说到这些，无非是强调现代诗歌的价值与美学的开放与多元，其无限丰富的复杂与可能性。

2005—2009年，北京清河居

谈诗片段（中）

1. "物质性的力量"与"原始的精神母体"

伟大诗人都有自己"原始的精神母体"。

精神的母体在哪里？是来源于一些物质性的力量。但物质性的力量不同于精神性的传统。精神性的传统主要是来自历史，来自历史上那些伟大哲人或诗人创造的思想，或人格范型；而精神的原始母体则是物质性的，是那些承载了人类关于存在、关于世界、关于存在的基本要义的理解的巨大物象——比如说"大地"，比如说"土地"，比如说"太阳"，比如说"大海"。这都是"元物质"，原始的精神母体的所在。

这很值得思考："大地"是阴性的，是本体性的存在，大地所承载的力量是本源、创造、生命和死亡，即郭沫若《女神》中所说的"一切的一"和"一的一切"；而"太阳"是主体性和认知性的，太阳普照大地，它是一个高高在上的父本，是索取者和统治者，是王。太阳普照大地，就好比是意识照亮了世界，"上帝说要有光，于是就有了光"。

浪漫主义诗人的基本精神母体是"大海"。普希金毕生歌颂的是"自由的元素"，这是他的出发地；莱蒙托夫的基本意象也是大海，有关于大海的想象，是他一生最重要的抒情动力，"蔚蓝的海面雾霭茫茫，孤独的帆儿闪着白光！它到遥远的异地找什么？它把什么抛弃在了故乡？"(《帆》)如果说生命是一艘船、一面帆，它命运的支配者便是大海和风暴，它和大海之间构成了这样一种不可分割的关系：它属于大海，为此而生，并且必将为此而死。它的全部的喜悦与忧伤、幸运与危险、使命与归宿，它全部的成功和毁灭，都是源自大海。"下面涌着清澈的碧流，上头洒着金色的阳光，不安分的帆儿却祈求风暴，仿佛风暴里才有宁静之邦。"只有在这样的悲剧性的对位关系中，浪漫主义者才能获得精神的宁静，他们毕生都在刻画着自己作为悲剧诗人的精神肖像。

所以拜伦一生在大海上漂荡，雪莱直接葬身于大海，普希金和莱蒙托夫的原型主题也是大海。这就是典型的浪漫主义诗人的精神归宿，或者生命故乡。

但也有不同的特例，与拜伦几乎同一时期，寿命更长、亦更为命运多舛的德国诗人荷尔德林，也同样热爱着希腊文化，但他的主题却是日耳曼尼亚的自然，那里的森林、河流和土地，以及那背后更具有哲学意味的大地。而且，他的漫游中，除了某种类似宗教激情的抒放，更多的是一种属于德意志精神的"思"。

这种思的气质，最初并没有被太多人意识到，直到海德格尔的阐释出现。

哲人正是从荷尔德林的诗中，体悟到了他所歌赞的自然与大地的意义，并与"存在"接通了诗意的暗道。海德格尔使用了大量荷尔德林的诗句，来诠释他关于存在的思想。诗人通过"还乡"来抵达本源，"置回"其精神的根基，而这其中最核心的，是对"大地"和"本源"的确立。是荷尔德林的诗意才使海德格尔如此迅捷和本质化地，充满激情和灵感地找到了大地的所在，也让荷尔德林的诗歌穿越浪漫主义的迷雾与莽野，安栖至思想的家园和哲学的高地。

"希腊的一座神殿使大地成为了大地。"海德格尔如是说。假如荒凉的世界上没有一座希腊的神殿出现，人类便没有自己的精神和信仰，也没有精神和信仰得以落脚的地方，那么大地就是一片荒凉，也就没有人类"诗意地栖居在大地之上"。而诗意从何产生，从哪里来，这就是"艺术作品的本源与物性"的实质。

他以此去探讨凡·高的一幅画:《农民鞋》。这是一双破烂的，甚至是散发着不雅气味的农民鞋，它如何进入了艺术家的视野，并成为艺术作品？因为那双鞋子是一个生命"行走在大地上"的见证。一个农民一生的劳作，他与大地之间血肉交融的关系，他在大地上生长——"人本源自尘土，又归于尘土"——他用锄头和农具与土地发生关系，从土地里攫取粮食养活自己，最后又耗尽自己终归于大地，剩下的是一双破旧的作为见证的鞋子……当然你也可以设想，这个农妇此时只是"不在场"而已，她或许只是暂时"缺席"。但一双普通的农鞋却能够激发哲人对一个主体、一个生命的关怀，对她和大地之间的血肉联系的追思。

然后海德格尔说:"作品使大地成为大地。"一个优秀的艺术家通过这样的作品确立了大地和生命的内涵。所以好多诗人他们之所以重要，是因为他们一直在书写这种富有原始属性的物质。荷尔德林是如此，现代以来的许多重要诗人都未曾例外。

在中国现代的诗人中，艾青和海子是两个重要的存在，他们之所以能够成为大诗人，是因为他们都成功地书写了最基本的母体:土地和太阳。

读过艾青的《太阳》的人总会坚信,即便他曾匍匐于尘埃,也终究是一个曾翱翔在万里高空的诗人,他对于太阳的书写和诠释,打开了中国现代诗的一个前所未有的广阔境界。"从远古的墓茔,从黑暗的年代,从人类死亡之流的那边,震惊沉睡的山脉,若火轮飞旋于沙丘之上,太阳向我滚来。"这是多么令人震惊的一颗太阳,一颗超越了政治和道德范畴的生命的太阳——"它以难遮掩的光芒,使生命呼吸,使高树繁枝向它舞蹈,使河流带着狂歌奔向它去。当它来时,我听见冬蛰的虫蛹转动于地下,群众在旷场上高声说话,城市用电力与钢铁召唤它。于是……我乃有对人类再生之确信。"这是他早年的作品,这样的诗句,足以使他盖过一切浪漫主义的宏大想象,以及布尔乔亚的小情小调。

还有《我爱这土地》,在抗战的特殊年代,在人们写着口号式战歌的年代,居然能够出现这样一首诗,唯一的解释只能是因为"土地的奇迹"。作为万物和一切生命母体的根基,土地孕育出了这样具有永恒生命力的诗句。"为什么我的眼里常含泪水,因为我对这土地爱得深沉",不管过上多少年,你都不会觉得它有丝毫的酸涩与造作。

海子诗歌里也有两个基本意象:太阳和土地。土地是原始力量的载体,太阳则是生命本身,是土地的一个"他者",也是世界的一个认知者。它环绕大地,周而复始,用生命意识之光来照亮大地,并与之构成一个伟大的对话关系。海子诗歌广大的空间世界,首先是通过太阳和土地确立的,然后才是一个更具象的"世界"。而且,海子不光是写自己的"祖国"这块土地,他还要写更为广大的土地,恒河、尼罗河、非洲的金字塔,"亚洲铜"……他的空间世界横跨亚非欧三个大陆，野心真是太大了，这是非凡能力的体现。

我个人迄今为止也写过一些诗，但当我在考虑世界的空间结构的时候，主要是以故乡以及离故乡不远的那个地方为中心的，这形成了我的原始空间。但显然这个空间还是太小了，不足以成为一个好的诗人的根基和背景。每当我要写作的时候，脑海里马上出现了那块熟悉而狭小的土地，它在帮助我的同时也限制了我，但这也是物质的力量，对我来说也同样原始。以此为基点，似乎也可以写得很深沉，很柔软，很美。

但终究是一个小文本。

余光中的"乡愁是一枚小小的邮票"，这些东西也能够感人，但是它很难成为一种巨大的诗歌形象，因为那个空间世界是狭小的，因为物质的狭小，那个情感，伦理化的情感，也终究是狭小的。

2. 在个体的"隐秘经验"与时代的"公共经验"之间

这个时代可能过分相信"私人写作"，或者"个人写作"的合法性了，因为上个时代的"集体写作"曾使诗歌深受其害。革命诗歌、"文革"诗歌、80年代的集群突破式的诗歌，无不带有类似的局限。90年代后，人们开始相信"个体"的道义与美学力量，并且因此获得了成功。因为这个年代之初，个体写作便是独善其身，便是拒绝堕落，便是持守了人文精神的价值。

我个人也曾一直承认"个体写作"的"天然的合法性"——即便没有这个年代的特殊背景。从根本上讲，不可能有一个"集体写作的主体"凌驾在个体心灵之上，这是常识。但从另一方面说，任何个体写作又都不具有"完全意义上的自足性",因为你必须要使作品成为"可沟通"的、有对话和共鸣可能的文本,既然要进入别人的视野,那么任何作者都没有权利无视别人的权利——必须要提供给别人进入的可能性。所以,不光有一个写作的"透明度"的问题,重要的还有"写什么"的问题。

美国的文化批评家丹尼尔·贝尔曾批判过20世纪50年代美国的一种"中产趣味",他尖锐地指出了这种趣味的"两面招数",即"假装尊敬高雅文化的标准,而实际上却努力使其溶解并庸俗化"。他的意思大致是说,在先锋艺术运动的后期,这些艺术观念已被广泛接受,变成了一种寻常的玩意,并且因此成为一种为中产阶级喜好的消费形式。无独有偶,在90年代后期以来中国的诗歌写作中,也因为"个体写作"的合法性,派生出一种过分优越的幻觉,并且发育出一种自我迷恋和膨胀的、书写自己"个人日常生活审美化"的趣味。但岂不知,在90年代初的紧张语境消除以后,个体写作的先锋内涵逐渐消解,而写作者身份也经历了一个微妙的转化——由承受压力的"知识分子",转换成为中产阶级的"文化绅士"或"社会精英",因此其写作必然要面临追问和质疑。

很显然,写作者的"身份"见证甚至决定了内容的意义。同样的个人经验,因为不同现实的折射和不同身份的验证,会生发出迥然不同的含义,因此根本上说,个体写作并非"原罪"之物,而是因时而异,因境而变。在集体写作的时代,如果谁写个人,那是非常勇敢的,但是到了一个多元化的时代,一个本身已成为"个体写作"的时代,诗歌反而应该再度认真思考它的公共性。这种思考不再是强迫性的,而是诗人自己自主和自愿的行为,是优秀诗人的社会与精神承担中的应有之义。

历史上好的诗歌,能够留下来的诗歌,无一不是因为它书写了"通向人类共性或普遍人性的个体经验",或者是书写了"包含着时代或公共记忆的个人境遇"。请注意,我在说"公共记忆"的时候,不是指那些为意识形态所规定的套路,而是指它与"个人境遇"的一种互为表里和包容——它们是一种有生命的,且以个人经验和境遇为本位的复合体。只有这样,公共记忆才能成为感人的经验内容,成为有价值的诗歌资源。

在当代诗歌中有非常成功的例子,比如欧阳江河。迄今为止,在第三代诗人中他几乎已成为最重要的一个,因为他不只写出了《汉英之间》《玻璃工厂》一类的"纯粹诗歌",也写出了《傍晚穿过广场》这样标志了一个时期的思想与精神高度的诗歌。在20世纪90年代初期,当波澜壮阔的启蒙运动被代之以市场化规则的时候,他写下了《傍晚穿过广场》。诗中的这个人,这个具有卓越的穿越能力的诗人,用一个下午穿越了一个富有时代和历史内涵的场所,思考时代的转折和个人身份的变换,思考写作方式的转换:"石头的世界崩溃了,一个软组织的世界爬到了高处。""有的人用一小时穿过广场,有的人用一生……"这样的诗无法不成为传世之作,因为它总结了这个时代,帮助它完成了划时代的精神递变与价值转换。

必须要注意到这首诗的写作形式:一个身历沧桑的诗人穿行于这个历史的现场,才会产生出如此巨大的意义场,并有生命的见证感,否则它不会获得这样的力量。

也有更具象的例子，河南的一位诗人简单，在世纪之初写了一首叫作《胡美丽的故事》的叙事诗，所用的是极简的笔法，但它捕捉到的时代信息和公共记忆，却是复杂和敏感的。简直是从容不迫和一步到位的叙事："华灯胀破了夜的内衣，是谁在道德的背后拽开了欲望的拉链？"一个身份暧昧的女子，一个像无数个年轻女子一样的"胡美丽"，她无辜并且甘于被玩弄被侮辱的悲剧，在一只巨大的欲望之手的支配下死于非命的结局，形象地暗示出一个欲望时代的到来，暗示出它的脆弱和边缘处不幸的个体命运，那些隐秘的、关于命运的主题，还有这时代一切的悲剧原因和要素。

个体的隐秘经验与时代的公共记忆，一旦实现了某种契合，诗歌就会获得一种震撼和内化的感染力。朦胧诗在80年代初获得的成功，就是因为这种契合，顾城和舒婷的诗歌大都是叙述个人境遇或私人场景，但是这些秘密的场景"被植入"时代的巨大场域之中，它们互相激活和扩展，使私人性的言说最终成为一个时代的奇怪的公共话语——就像"卑鄙是卑鄙者的通行证，高尚是高尚者的墓志铭"一样。这本来是个人的格言，最终却成了时代的真理。

"私密经验的敏感通道"，这是现今诗歌写作中一个重要的特点和原则。仅仅表现意识和理性范畴内、观念范畴内的"经验"，在今天显然已经不够，诗歌的敏感性和精神性，以及它的深度，在于对人的无意识世界不断的有效触及。好的诗歌在读后生成的，是一种说不出来的内心世界的震颤，"咯噔"一下，但不知是为什么"咯噔"了一下，但它却触到了你的神经末梢，触到了你内心世界最隐秘的地方，这就是直觉或本能的反应。这样的作品也具有公共性。就像

80年代王寅的一首诗,叫作《想起一部捷克电影想不起片名》,这首诗也许根本就是"无意义"的,但它却像是在人的脑海里放电影,放童年时期的电影。那种似曾相识的幻觉、恍然若梦的记忆、片断闪回的情景,会因为那些句子与节奏而再度出现在脑海里。

这也是一种奇妙的公共性,但它是属于直觉和潜意识的。

3. 整体性的诗人和碎片性的诗人

有整体性的诗人,有碎片性的诗人。

整体性诗人是指那些能够从整体上思考和把握世界,担负起一个民族的文化基石,或铸造起一个民族的精神灵魂的诗人。或者至少,是能够思考普遍性的命题,具有能够给一个时代以命名的能力,是一个民族或一个时代的"文化符号"。屈原肯定是整体性的诗人,他所思考的宇宙与人生的巨大而原始的命题,所表现的一种伟大的人格精神,使他成为一切诗人的楷模和人格肖像。李白和杜甫是整体性的诗人,他们所标立的分属道家和儒家的两种文化性格,也是中国古代知识分子的两个典范代表,所以才有"诗仙"和"诗圣"之称。略小一点的王维以及苏轼,也可以说是整体性的诗人,他们同样具有"诗化人格"的典范意义。

整体性的诗人不只具有文本的意义,也具有人格的意义,这一点至为重要。他是一个符号或者象征,精神的象征,他的文本和精神肖像已扩展为一个巨大的存在。就像莎士比亚之于英国,但丁之于意大利,歌德之于德国,李白杜甫之于中国。他们会塑造甚至改变一个民族的语言和文化性格——卡西尔曾说,"当但丁、莎士比亚和歌德出生的时候，意大利语、英语和德语是一个样子，等他们谢世的时候，它们又成为另一个样子"。这就是伟大诗人的整体性作用。很难设想没有这三位诗人的意大利语、英语和德语，在人类文明中会拥有今天这样的地位；也很难设想，如果没有屈原，中国古代知识分子的精神造像将以谁人为蓝本，如何会有范仲淹所归纳和慨叹的那种"古仁人之心"的人格范型——"不以物喜，不以己悲，居庙堂之高，则忧其民，处江湖之远，则忧其君"？

但这是过于绝对的说法，古代的诗人一方面是自我造就了非凡的人格，另一方面也是由于其命运或经历的"传奇化"——有时这种传奇是接近真实的，有时则具有"被想定"的成分。比如嗜酒的李白，如果活在当世，将是怎样一种处境和评价？那可能就不只是美谈，而有可能还有一个恶名。因为今天文化本身的整体性已经陷于破碎，一个诗人也很难被置于整体性的文化之中来评价。人们对于诗人的"人格""道德""襟怀""操守"等的评价方面，也变得更褊狭、小气和单面了，人们不会再宽容和善意地理解诗歌和诗人，而往往会带了偏见和有色眼镜来看待他们。因此，嗜酒不再会是一种"无限制的优点"，高傲和落拓不羁也不再成为一种单纯的美德。

在整体性的诗人之外，是数量更多和体积更小的"碎片式的诗人"，碎片式诗人是从局部把握世界和生命的、意义略小的诗人。他是碎金或粼波，是用许许多多的碎片式的影像来折射和表达的诗人。但这样说似乎又不完全准确，因为整体性的诗人也并不总是使用宏大的主题，他们也会借助日常经验与碎片式的表达，所以区别不过是相对的。也许这样说更准确些：他们基本上是"文本大于人格"，其精神的体积较为有限的诗人,不能单独构成一种人格范型的诗人。

但碎片式的诗人并非等而下之的诗人,杜牧与李商隐可谓都是碎片式的诗人,他们体积较小,沉湎细枝末节,关注渺小琐碎的事物,以及个体处境和细小经验的描摹。甚至情调也比较低迷和"消极","十年一觉扬州梦,赢得青楼薄幸名"……南唐后主李煜也是这样的诗人,甚至他一生作为无能的亡国之君的特殊身份,在诗中也打下了鲜明的印记。"胭脂泪,相留醉,几时重?自是人生长恨水长东。""问君能有几多愁?恰似一江春水向东流。"都是一些颓废和失败的经验,然而正是这样的书写,使他成为一种典型的中国经验和东方美学的经典载体。

在俄罗斯白银时代到苏联时期,也出现了大量优秀的诗人,他们担当起了一整个时代、整个民族的精神支柱,为他们的民族画出了不朽的灵魂肖像。在精神的意义上,他们也可以说是俄罗斯最后的总体性诗人群体。从阿赫马托娃到茨维塔耶娃,从帕斯捷尔纳克到曼德尔施塔姆,他们用诗歌构筑了他们民族文化的脊梁。虽然与普希金、莱蒙托夫这样的大诗人相比,他们的体积和影响力并不足够巨大,但是他们的人格精神与作品的价值,却分明属于那个时代最核心的价值所在。

"直到我们躺入其中,与它融为一体,由此,我们才可以从容地宣称:'自己的尘土。'"这是阿赫马托娃在《故土》中的诗句。"我要收复你,从所有土地,所有天空,因为森林是我的摇篮,坟墓是森林,因为我站在大地,只用一条腿,因为我为你歌唱,只有我一人。"这是茨维塔耶娃的《我要收复你》中的诗句。这样的语言,这样的自我想象,足以见证他们思维的方式,坚持了对于世界和存在的原初的信念。这样的信念,当然接通着他们对于苦难和牺牲的信念。

当代中国缺乏的正是这样的诗人。要么是人格精神的委顿,要么是文本本身的琐屑。这其中的问题过于复杂,我们暂且不予讨论。

当代文化的碎片性,导致很难出现整体性的诗人。

但在相对的意义上仍然也还有可能,如海子就是典型意义上的"当代性的整体性诗人",或是"最后的总体性写作的特例"。"一盏真理的灯,我从原始存在中涌起,涌现,我感到我自己又在收缩,广阔的土地收缩为火,给众神奠定了居住地","我从原始的王中涌起,涌现,在幻象和流放中创造了伟大的诗歌"。这是海子在他的《太阳·土地篇》的第十二章中的句子。从他的未完的史诗巨篇中我们可以看出,他的总体性的努力,试图"考虑真正的史诗"的意图和努力。"我早晚经受血浴,忍受四季,稳定如土地,考虑真正的史诗","太阳之轮从头颅从躯体从肝脏上轰轰碾过,是时候了,我考虑真正的史诗"(《太阳·断头篇》),这是海子设想的"诗人的最后之夜"的场景,歌者的独白。

从这个角度看,或许海子的死,是他希望获得其诗歌的总体性的努力的一部分,因为他认为伟大的诗歌"不是感性的诗歌,也不是抒情的诗歌,不是原始材料的片段流动,而是主体人类在某一瞬间突入自身的宏伟——是主体人类在原始力量中的一次性诗歌行动"(《诗学:一份提纲·伟大的诗歌》)。

这种行动,在终极的意义上就是牺牲,以死亡和献祭来实现其神圣的意义。

关于海子的这些讨论,也许会被认为过于玄虚。但以"总体性诗人"的眼光来看待他,却恰好能够找到解读他的一把钥匙。

他就是为这最后的总体性而生的。

试图书写总体性史诗的诗人或者还有,如杨炼和尝试"整体主义"写作的诗人,但他们是否真正——或部分成功,我还没有把握予以置喙。

欧阳江河是另一类在社会历史和哲学意义上构建了总体性的诗人,或者一直保持了这种抱负的诗人。他早期的《悬棺》一类作品,就显示了他"突入原始文化"的能力,但他更为出色的部分,却是《汉英之间》《玻璃工厂》《傍晚穿过广场》一类文本,这些作品篇幅并不太长,但却显示了哲学与历史意义上的某种诉求,以及处理的才华和能力。如果说前两者是试图解决文化与创造的一般认识论问题,是属于"玄学"意义上的诗歌的话,那么后者则是处理了一个非常艰巨的现实题材。这样的诗歌对于一个时代的精神史来说,具有断代的意义,所以我说他的具有总体性能力,并不是约略而谈,而是可以落实到具体的文本。

至于又十多年之后的《凤凰》,则是刻意装置化了的"语言的碎片"。但奇迹般的事实是,他刻意使用的碎片化的组装,却反讽和建构了我们时代"分裂的总体性"。这只"凤凰"在夜色和灯光的照耀下,是一个璀璨的总体;但在白天的光照下,在近距离的审视中,却是垃圾与废料的组合。这是艺术家徐冰和诗人欧阳江河,共同为我们时代奉献的一个巨大的文化隐喻——不,是一个关于文明的隐喻。

4. 给一个和一切时代的诗歌：语言的超越与穿透……

语言的超越性是一个诗人的生命所在。

海德格尔说，"语言的本质即是存在的语言"。这话显而易见，语言首先是本质化的东西，它具有先验和形而上学的性质。德里达肯定不会同意这样的看法，但在诗人海子那里，对此则确信无疑。他关于"伟大诗歌"的讨论，关于"上帝的七日"的言说，都显示了他关于诗歌语言的巴别塔理想。他希望创造出"真正的史诗"，即穿透一切遮障，抵达那种具有绝对超越性和穿透力的文本，从而"使一切人成为一切人的同代人"。

某种意义上，海子做到了这一点，当然，他也留下了巴别塔的巨型废墟。

海子的重要性在于，他几乎是唯一标立了80年代"最后的总体性"的代表，绝对性的语言与想象的例证。

海子之后，绝对性的语言观和诗歌观，均不再有存在的根基。当然，对海子来说，这也只是他建构"伟大诗歌"的理想，他的语言作为策略也并非绝对成功。

卡西尔说，"诗人不可能创造另外的一种语言"，"他必须使用现有的词汇"。他的使命是赋予这些语言以某种新意，或者让其古老的语义得以还原。自然，无论是"新意"还是"还原"，都是人们以想象来设定或虚构的。海子使它们获得生命的秘诀是"魔法"，他首先依据语言的力量，使自己成为"半神""先知"，或是兰波那样的"通灵者"，然后再放大自己魔法的力量，将作用力返身于语言。

于是语言在他那里，呈现了强大但又有缺损的灵性和表现力。因为巴别塔终究是人类的梦想的神话。

但对于"人工的诗歌"，而不是"作为形而上学的诗歌"而言，海子的语言已经足够了，他已经拥有了使之穿透且超越时代的力量与品质。

当然还有另外的角度。

欧阳江河说，一首好的诗歌应该经得起"语境转换之后的解读"，这是从比较狭义的时间范畴来说的。这意味着，在当代社会历史的特殊环境中，语言具有敏感的时代性，以及与具体的历史情境之间敏感的对位关系与隐喻性。因而也就容易失效，出现意义的缺陷、断裂和阻滞。换言之，它容易显得很快"过时"。

这样的例子实在是太多了。当代社会的变化之快，使得之前许多年代的诗歌语言呈现了"运动性"的景观，仿佛飞来之物，来得快去得也很快。那些新民歌式的实践，试图在当代性的语言中建立传统或民间的根底，但因为如漂萍般浮在水面，所以其意义在"语境转换之后"，便迅速地消解了。

七八十年代之交的诗歌又何尝不是如此，那些曾令人难忘的句子，在下一个时代来临的时候，同样面临了失效的可能。

"黑夜给了我黑色的眼睛，我却用它寻找光明"，看似十足正面的语义中，隐含了与时代性的意识形态的高度纠缠，所以在诗歌的当代性维度中，一样显得陈旧和过于浅近了。

显然，语言的公共性有多个层次。王家新的名句之一是"夜莺在它自己的时代"。语言要想抵达的某种境地，就是要具有这种当下性，要与自己的时代对位。当然，在一些泛主流化的表述中，也会这样说——"要讴歌时代"，但那个指涉其含义是比较特定的，无须去做辨析。

这只夜莺，是在黑夜中歌唱的角色，所以它的语言是黑夜的，隐喻的，当然更是敏感地指向时代的。

济慈、雪莱、普希金，他们都是自己时代的夜莺，但那种啼叫是浪漫主义式的，"美"而忧郁（颓废），而且他们的语言被一般公众的理解"制式化"了——更本质一点说，是将一种表演性的语言合法化了。和古典时期的诗歌一样，当人们说到"诗是美的"，便是在说他们。

但是他们忘了，"当代的夜莺"，并没有他们想象中的那种婉转的啼叫，他们的语言是晦暗的，充满了冷僻与虚无纠缠的属性，甚至充满了冒犯性。所以一般公众并不理解他们，也不会承认这鸣叫是属于诗的声音。

夜莺首先是属于时代的，但在满足这一条件之后，最好是能够同时成为——"一切时代的夜莺"。

这当然很难，为一个时代准备的语言已经是了不起的语言。通常情况下，语言也很难活过一个时代，更不要说穿越，和穿透。

朦胧诗之所以风光一时，被广为传诵，原因大概在于此。"卑鄙是卑鄙者的通行证，高尚是高尚者的墓志铭……"这诗句中浓缩了大量时代信息的含义，通过强烈的公共性，抵达了某个位置，成为"时代的强音"。它们使"格言"或"启示录"式的句子，在这个时代具有了可以风行的魔力。

但这样的语言在更长的时空跨度中，却似乎部分地散失了，似乎又还具有力量。但无论如何,它们那箴言般不容置疑的质地,也随着时过境迁的风声,变得有几分像是风干的螺壳了。

欧阳江河在20世纪80年代的中后期写下了《汉英之间》和《玻璃工厂》那样的诗歌,也创造了另一种语言的典范——因为"知性"而"中性",或是因为"中性"而"知性"化了的语言,并因此而得以超越了时代。

"整个玻璃工厂是一只巨大的眼珠/劳动是其中最黑的部分","依旧是石头,但已不再坚固//依旧是火焰,但已不复温暖/依旧是水,但既不柔软也不流逝。"这些语言是否已近乎瓦莱里所说的"纯诗"(Pure poetry)?我不能完全确定,但它的言说确乎已脱出了事物的具体性,而变得具有形而上学的性质。

至少在今天,它们也还没有失效。

或许可以称它们为"知性的纯诗"?我没有把握,但显然它们不是"抒情性的纯诗"。

如果与海子诗歌的语言相比,很多诗人语言的限制性就体现出来了,因为海子的语言是为一切时代准备的。"让一切人成为一切人的同时代人",这意味着语言具有这样的超越性与穿透力,横跨千年,在语言上我们彼此之间并没有障碍。就如同我在读《春江花月夜》时的那种感受,"谁家今夜扁舟子,何处相思明月楼","江流宛转绕芳甸,月照花林皆似霰","不知江月待何人,但见长江送流水"。那个"扁舟子"既是一千年前的古人,也是此时此在的我,他的处境就是我们的处境,一千年来,我们的经验并没有根本变化,我们面对的生命困境依然十分相似。

当代诗歌中，谁人能够做到这一点？确乎很难。但在《祖国（或以梦为马）》中，我们隐约可以看出这种可能性。他在这首诗里所标立的语言尺度，都是以千年为跨度的，而且他也确乎达到了与千年前语言之间的弥合。使我们可以在"周天子的雪山"下，来衡量其意境与空间，"五千年凤凰""祖国的河岸""以梦为上的敦煌"，这些跨越了巨大时空的词语，在他的笔力下，实现了无缝的对接与恰切的并置。

这就是穿透力了，可以抵达千年的语言。

新诗中抵达这种境地的语言当然不多，这缘于一种语言的成长速度，一百年还显得有点太短了。就像汉语，直到出现了《黍离》那样的诗篇，才意味着成了一种伟大的语言；当然，在有了《离骚》之后，就更毋庸置疑了。

但那又都太古老了，在《春江花月夜》诞生之后，才意味着"盛唐"时代的来临，汉语真正地成熟了，具有了更接近口语的、通透而丰富、灵敏而绚丽的品性。

这一切都源于一个"主体"的出现——那个追问天地与存在的"舟子"，他那孤绝的"此在"处境感动并启示了我们，让我们得以置身于一个旷世的孤立无依之中，成为一个具备了哲学处境的人，并且因之拥有了对于母语的真正敏感。

"此在"非常重要，"野旷天低树，江清月近人"，这种境遇似乎就在周身，一步之遥的地方，水波的荡漾似乎就在眼前；"人似秋鸿来有信，事如春梦了无痕"，这是难以传递的无意识经验，欲言又止，得鱼忘筌。你无法表达和描述这样的处境，只能依靠诗歌语言的微妙，让我们打开或者关闭，我们内心的光明与幽暗。

"此在"意味着主体的在场,主体与客体的对视,相遇,或者擦肩而过,它意味着永恒有了一个知悉者、体味者,一个洞若观火的对应物也随之得以彰显。主客体彼此照亮,语言也因此在,而获得了触手可及的生命与质感。

5. 失败是最能够感动人的

当诗歌出现的时候,一个成功者看起来就像是一个格格不入的市侩,因为只有失败者才是诗歌的同道,是诗意的守护神。

世间固有颂歌,但更多的则是悲歌和哀歌,是志士仁人的慷慨悲凉之歌,是亡国之音的凭吊之歌,是耶利米哀歌,是文天祥那样悲情的正气之歌,李煜那样的自怨自艾自哀自怜的悲悼之歌。

中国古人很早就体味到这一点。所以司马迁说:"文王拘而演《周易》;仲尼厄而作《春秋》;屈原放逐,乃赋《离骚》;左丘失明,厥有《国语》;孙子膑脚,《兵法》修列;不韦迁蜀,世传《吕览》;韩非囚秦,《说难》《孤愤》;《诗》三百篇,大底圣贤发愤之所作也……"

杜甫说,"文章憎命达","应共冤魂语"。

欧阳修说,诗"穷者而后工","世所传诗者,多出于古穷人之辞也"。

可见诗常常与失败,与不成功,与穷途末路在一起。

失败者的例子太多了,如果屈原写出了《离骚》还苟活在世上,且在政治上成了一个胜利者,得到了楚怀王的信任,甚至楚国还因此打败了暴秦……那么屈原将不再是千古以来诗家的第一人,他的

《离骚》也就接近于一个笑话了。

李煜，如果不是失败赋予了他某种悲剧性的人格与特殊的精神印记，他的词中就不可能有如此感人的诗意，令人五味交杂的命运感。他就只是一个浅薄的皇帝，一个玩物丧志、无所作为的庸君。正是因为他"一旦归为臣虏"，成为阶下之囚、亡国之君，并且在其诗歌中诚实地面对了这一点，他才摇身变成了一个出色的诗人。

所以，王国维说，"词至李后主而眼界始大，感慨遂深，遂变伶工之词而为士大夫之词"也。他还引用尼采的话说，"一切文学，余爱以血书者"，他以为"后主之词，真所谓以血书者也"。以血书者，不就是真正的失败之书吗？

还有杜甫，没有安史之乱所给予他的颠沛流离，没有中年之后的蹉跎磨难和寂寂无闻，就没有晚期的杜甫，没有他的"艰难苦恨繁霜鬓，潦倒新停浊酒杯"，没有"丛菊两开他日泪，孤舟一系故园心"。那么杜甫也将不成其为杜甫。

在西方诗歌中，诗人的失败也是常态。拜伦是一个失败者，他被英国的上流社会逐出，成为一个精神的流放者；他试图为解放土耳其治下的希腊而战，将自己的家产变卖，武装了一支雇佣军，与土耳其军队作战，最后不只没有能够解救希腊人民，还搭上了自己的身家性命。从世俗的角度看，拜伦的人生轨迹几近荒唐，但他却在诗歌中留了下来。

雪莱也一样，他甚至自己也说不清楚，为什么会忽发奇思，去横渡亚得里亚海，去用渺小的肉身，挑战那无常的风暴，最后葬身大海。从俗人的观点看，这完全是无妄之灾，是一个令人匪夷所思的选择。

浪漫主义的诗人们，几乎都是以身试法，以身殉诗，他们几乎都是将诗歌写作当成了一个"死亡行动"。普希金、莱蒙托夫、波洛克，其中后者是活得最久的，活了41岁。这在浪漫主义的诗人们中，是少有的不可思议地闯入了中年的一个。

所以雅斯贝斯说，在所有大诗人中，只有一个例外，那就是歌德，他几乎是唯一一个成功地活到了老年的诗人，他躲过了所有的深渊，成功地走到了生命的尽头。

相应地，除了歌德，其他的那些人，则都是"毁灭自己于深渊之中"，"毁灭自己于作品之中"的失败者。

"下面涌着清澈的碧流，上面撒着金色的阳光。不安分的帆儿却祈求风暴，仿佛风暴里才有宁静之邦。"这是莱蒙托夫的《帆》中的诗句，从中我们不难看出一个悲剧性的英雄人格，即固执地迎接危险与挑战的禀赋。

失败的形态是多种多样的，浪漫主义者的夭折与现代主义的疯狂可谓相映成趣。当然，浪漫主义者之所以没有被看作"疯子"，是因为诗歌话语的"本质化"时代的光环。在浪漫主义者笔下，非理性的语言具有完全的自足性，就是瓦莱里所说，"诗人在昏热的黄昏拈诗一首"，不会被视为非理性之举。人们在诗歌中表达类似"忧郁"的情绪，不会受到嘲笑，在诗歌中书写性与偷情的隐秘也不会受谴责，相反，这些都是炫耀和撒娇赖以寄存的依靠。

因了这样的缘故，浪漫主义本身被神话化了，诗人的人格形象也被圣徒化了，变成了"英雄"，非理性的英雄，没有自嘲和反讽精神的英雄。这是浪漫主义诗人的局限，但也是其本质的属性，没有这种自我的神话，浪漫主义诗歌也就失去了存在的条件。

"**丝丝败迹**像挡不住的寒风，吹透了你那单薄的肌肤。一扫你心中希望的余热，直吹进你颤抖的内心深处。"这是食指的《致失败者》中的诗句，是他写给自己的篇章。虽然他毕生寄托了生命的希冀，但那只是在理性和世俗的意义上，在内心和灵魂深处，他一直顽固地认同着失败。

在顾城的诗中，我们也可以清晰地看到他对于失败的强烈预感，他虽然不像食指那样直接地书写失败与创伤，但是他几乎全部的隐喻，都是来自类似情绪的转换。他与食指的差别，仅在于他缺少自我分析与抗辩的意识，因此在人性黑暗方面，他没有办法实现自我的矫正。"你知道最后碎了的不是海水"（《你在等海水吗》），是什么呢？应该是他自己，以及他的信念、灵魂、诗思和一切。

相比之下，海子是最清醒的，他既有疯狂，又有失败的预言。"我必将失败，但诗歌以太阳必将胜利"，这是他在《祖国（或以梦为马）》一诗中的最后一句。这首诗其实也可以看作是海子平生最重要的一首述志之作。与食指纯粹的忧郁、顾城不可遏制的疯狂相比，海子是心向壮烈、以死相拼的，他要把自己的全部写作，同自己的命加起来，变成一场壮烈的"一次性的诗歌行动"。他实践了自己的诺言，完成了肉身的失败，更实现了他诗歌的胜利。

很显然，我们从他们的诗歌中所受到的感动，正是来源于他们生命的付出、人生的不幸与磨难。

2010 年至 2018 年，断续写成

谈诗片段（下）

1. 诗歌之道法自然，或自然是一座神殿……

诗歌的至理，也如一切艺术与文化的至理，即法乎自然。因为自然中早已孕育了一切美妙的形式、韵律、规则。所谓天地有大美而不言，它只是不说，但最恰当的形式和功能都已经存在于繁复的自然生命形态之中。

自然进入人类的审美对象之中，需要有一个过程。在人类早期，自然作为异己力量对人类而言，既是生存的依靠，同时也是威胁。所以在远古不可能有太明显的自然审美的诗歌主题，即便有，也会将其作为神性的元素或者化身来歌颂。古埃及的《阿顿颂诗》是将太阳作为神物来歌赞的。古希腊神话中太阳也为神祇，难于接近，法厄同的悲剧即试图过于接近他的热力与权威，作为太阳神赫利俄斯之子，他驾驶着太阳神的金马车致使大地被灼烤，万物焦渴而死，他自己也掉入埃利达努斯河中而死。

将自然作为审美对象，在中国是以魏晋时山水诗的出现为标志的。"东临碣石，以观沧海，水何澹澹，山岛竦峙……"曹操的《观沧海》可以说是比较早的雏形。而从游仙诗和田园诗中逐渐自觉和分离出来的山水诗，在谢灵运、李白和唐代的众多大诗人的手中，逐渐成为中国诗歌中的一个核心的主题类型。这种情况出现的条件是，在中古以后人类生存条件的改善，使得自然不再作为一种异己性的威胁力量存在，甚至也不是作为"神"，而是作为"道"而存在的东西，对于人类构成了认知的启示，也构成"审美"的对象。

道法自然，这是两千五百多年前老子的论断。原文是"人法地，地法天，天法道，道法自然"，人所遵循的是土地，即世界的规则，而世界遵循的是上天的规则，上天相对于世界，应是诸神的意思，是神的法律和意志；而上天和神本身还要遵从"道"的要求，"道"就是规律，万物要尊奉的规则。这个规则从哪里来？或者以什么为依据？那就是自然本身。这看起来像是一个循环性的解释，但实际又不是。"道"是客观世界的最初和最终法则，但同时又是人的认知的最高形式，以及真理自身。真理是客体真相与主体认知的统一体，自然本身的规律中隐含着"道"的所有含义，对此规律的认知，是人类一切行为的前提和根据。

在中国古代，诗歌写作曾以对自然的审视、理解、修习与歌赞为内容，但近代随着农业生存方式的逐渐式微，以自然为单纯审美对象的写作逐渐变得不合时宜，不再具有单独的意义，所以专业的山水诗写作也逐渐式微。

但这并不意味着山水自然在诗歌中的消失，相反，它的哲学意义与生存、生命的意义更加凸显出来。在顾城、海子等人的诗中，在张枣、钟鸣、柏桦、翟永明等人的诗中都有表现。而且对于中国的诗人来说，自古就有这样一个传统，即自然并不是一个隐喻系统，也不是一个神性的谱系，而是一个生命本体，是个体与主体生命同对象世界的合一。正像张若虚的《春江花月夜》一样，它既是对自然的体味，也是对自我生命的感知，这样的思维相对于西方诗歌，是更为独特的。

"自然是一座神殿",这是波德莱尔的著名诗句,这一方面表明,自然与对象世界在西方诗人眼里是重要的,但同时也表明了他们与中国诗歌的分野。一方面是晚,他们似乎很少像中国的诗人那样,那么早地就自觉地将自然世界作为独立的审美主题来进行观照,另一方面他们又只是将之看成是一个"隐喻系统",而不是生命本体。这样固然会使他们的诗歌变得更具有哲学的深意,但也会因为理解的过于转喻性,而缺少独立的审美性。似乎自海德格尔以来,才由于他对荷尔德林诗歌的哲学阐释,使荷尔德林对于德国的自然、故乡的山水的那些描写焕发出了丰富的意蕴,而这种写法也并没有在后代诗歌中重现,相反倒是在中国的诗人——还是海子那里,才有了跨越时空的回应、传承与发扬。

在今天,随着机器脚步的逼近与自然世界的日益萎缩,作为文明意义上的山水景观与作为生存之本的自然世界,对于我们而言变得更加重要。诗人有责任将之担负在肩上,存放于心中。有责任在诗歌中将之化为新的材料、资源、动能和本体,将之看作我们自身的映象和生命延展的一部分,来加以歌赞和保护,这不只是责任,更是源泉和福音。

2. 个体生命经验的细微化作为诗歌的辩证法

个体生命经验的细微化,大约是"70后"以降的诗人写作的一个普遍特征。所谓"个人性写作",在20世纪90年代以来一直是一个重要的话题,但真正将经验的个体性处理得精细入微的,还是在这批更年轻的诗人笔下。"微观世界"成为他们观照社会和人性、体味个体生存的一个最佳象征系统。这与之前几代诗人喜欢书写巨大或者比较大的意象，显然构成了某种刻意的对照。之所以会如此，当然与世界观和价值观的变化有着根本的关系，也许你可以说他们这一代人缺乏大的"抱负"、大的想象格局，但归根结底，他们也更接近客观与自我的真实。

江离的一首《微观的山水》可以是一个例子。我意识到它可能包含了其诗歌观念的阐述意图，某种程度上可以看作是一种"写作的证言"："这微观的山水，曾在私人生活史中／占据过一席之地／尽管更多时候，人们将之／看作闲适生活的附属品，一种仿真的艺术……"他在这微观的盆景中看到了世界的普遍景象，也从中获得了生存以及艺术的启示：

也许这就是艺术最核心的部分
它与忧思、愤怒相关，而不仅仅是消遣
即使是最颓废的风月
也总是与抵制联结在一起

我确信这是个人的表达，但从中我们也不难领悟出一种一直以来的写作的精神——你也可以将之叫作"知识分子精神"，它是在眼下的世界、环境与秩序中的一种幸存，一种"缩微了的表达"。在"游戏的精神"成为一种"迫不得已"的生存态度之后，这样一种"知识分子的精神"当然也就成为"必不可少"的伴随之物。精神固然也可以"微观化"，但不可以不存在，否则，"诗之何为"也便真的成了问题。

在诗歌中讨论"诗歌如何写",当然不是当代人的发明,李白和杜甫早就开始用诗的方式讨论别人的写作,"蓬莱文章建安骨,中间小谢又清发",李白还不停地在诗歌中表达自己的好恶与主张;而杜甫的《戏为六绝句》干脆以诗来逐一对前人的写作予以评点。这样的写法套用结构主义者的概念,也可以叫作"元诗歌"。在我看来,白鹤林的一首《诗歌论》也许是一个好的例子,它从另一角度阐述了这代诗人更加准确和老实,当然也是更加智慧和令人钦敬的写法——"在最真实处获得最高的虚构",你当然也可以将之看作是得自史蒂文斯的启示,但我以为,更多的还是得自诗人自身的彻悟。它形象而生动地阐释了诗歌与现实之间的关系,对于智者来说,诗歌仿佛就在现实之中,与它重合一体;但对于只试图用概念来框定它的人来说,却又仿佛永远不可企及。这也是另一种"微观化"的视角与途径,是一种真正属于诗歌和存在、语言与思的精妙阐释:"清晨街道上,见一老妇人/背两扇废弃铁栅门,感慨生活艰辛//夜晚灯下读诗,恰好就读到/史蒂文斯《人背物》,世事如此神奇。"

> 难道诗歌真能预示,我们的人生际遇
> 或命运?又或者,正是现实世界
> 早先写就了我们全部的诗句?
> 我脑际浮现那老人满头的银丝,
> 像一场最高虚构的雪,落在现实主义
> 夜晚的灯前。我独自冥想——
> 诗歌,不正是诗人执意去背负的

那古老或虚妄之物？或我们自身的命运？

"背门的老人脸上并无凄苦，这首诗／也并不须讨厌和虚伪的说教／（像某些要么轻浮滑稽，要么／开口闭口即怨天尤人的可笑诗人）／我只是必须写下如下的句子：在我回头／看老妇人轻易背起沉重铁门的瞬间／感到一种力量，正在驱动深冬的雾霜／让突然降临的阳光，照澈了萎靡者的梦境。"

我几乎无法言喻它的妙处，只能说，它对真实与虚构、现实与诗歌之间的关系，阐述到了十分精确和含混，清晰而微妙的程度。

3. 一百年，现代汉语通过新诗已变成了一种伟大的语言

1918 年 2 月，《新青年》4 卷 1 期刊出了胡适等人的 9 首白话新诗，而在胡适出版于 1920 年的《尝试集》中，最早标注了写作年份的几首写于"民国五年"，也就是 1916 年。不论按哪个时间算，新诗在 2018 年都已满百年了。

一百年对于一个人来说，差不多是不可逾越的界限，但对于一种语言、一种文类、一种事业来说，可能还刚刚起步。百年的新诗究竟成色几何，成就怎样？我在课堂上似乎有了答案。我先让学生高声齐诵李白的《将进酒》，之后又让他们一起诵读海子的《祖国（或以梦为马）》，之后又让他们默诵一下屈原的《离骚》，然后我问他们：列位怎么看，三者可不可以放到一起，它们是不是在一个层次上？

学生们齐声回答说：是。

我知道结果会是如此，但我会说，我可什么也没有说，是你们

自己说的。

万人都要将火熄灭,我一人独将此火高高举起/……我借此火得度一生的茫茫黑夜

千年后如若我再生于祖国的河岸/千年后我再次拥有中国的稻田,和周天子的雪山,天马踢踏/和所有以梦为马的诗人一样/我选择永恒的事业/我的事业,就是要成为太阳的一生……

我必将失败,但诗歌本身以太阳必将胜利

这样的语言无法不让人将它放到一个并驾齐驱的位置上,让人将之与新诗一起做一个见证。

这也是用来抵挡质疑者和反对声音的一个办法。假使我说,新诗已然成熟,写出了传世的诗篇,现代汉语也因之成了一种伟大的语言,一定会有人说我是在瞎扯和搞笑。但让我的学生们自己体会,自己说出,便是一种毋须外力压制和扭曲的判断。每当我再读一遍这样的诗篇,我都对现代汉语已然成了一种伟大的语言——一种可以与古代汉语相媲美的语言——而深信不疑。

说这些是想给出一个比较客观同时又比较明确的说法。新诗无愧于这个百年的风雨沧桑与砥砺磨洗,它让现代汉语变成了一种富有表现力的,成熟的,在优雅的同时也充满现代的繁复与冷峻、幽深与复杂的语言。如同罗兰·巴特在评价诗人与诗歌的作用时所说,"在莎士比亚、但丁和歌德诞生的时候,英语、意大利语和德语是一个样子,等到他们谢世的时候,又变成了另外一个样子"。我们也可以借此说法,因为新诗的百年求索,因为像海子这样的诗人的创

造，现代汉语已经今非昔比，成了一种可以与世界上一切具有伟大传统的语言比肩而立的语言。

有关新诗成长的话题非常之多，首先是外来与传统的问题。作为中西文化的"宁馨儿"，新诗的诞生中有一部分就是源自"翻译语言"，源自外国诗的，五四时期的诗人中，甚至喜欢夹杂大量的西文词语。但天然地，它当然也拥有母语的根基与元素。所以，所谓中西文化、传统与外来的问题某种意义上也是"假问题"，因为它是本然，是无法否认和改变的，因而也就是无须论证的。但在蕴生和成长的过程中，两种基因与元素的互动，却是处于变量之中的。比如在20世纪30年代的戴望舒笔下，显然就比五四时期的白话诗人更注重传统，他诗歌中对于古典意境、意象的融入，就已经显得非常自然和娴熟，比之1925年前后的李金发，就更像是"中国诗歌"，而不是"翻译诗歌"。

在李金发的《弃妇》中，波德莱尔式的黑暗与幽僻、阴郁与荒寒是非常典型的：

> 长发披遍我两眼之前，
> 遂隔断了一切羞恶之疾视，
> 与鲜血之急流，枯骨之沉睡。
> 黑夜与蚊虫联步徐来，
> 越此短墙之角，
> 狂呼在我清白之耳后，
> 如荒野狂风怒号：
> 战栗了无数游牧。

仿佛是法国象征派诗人作品的"硬译版",李金发的诗中充满了冷硬的现代意象,与中国诗歌的传统之间,显然处于一种出走和断裂的关系。但仅仅数年后戴望舒的诗中,就有了大量的古典意象,如《秋夜思》一篇中,就先后化用了杜甫和李商隐的诗句,来营造其与传统之间的绵延与致敬关系:

谁家动刀尺?
心也需要秋衣。

……谁听过那古旧的阳春白雪?
为真知的死者的慰藉,

……而断裂的吴丝蜀桐,
仅使人从弦柱间思忆华年。

母语之美和传统之神韵的找回,对于新诗的成熟是十分关键的。从40年代之后,新诗的语言就变得相当老练了。

民歌传统的寻找是另一个要道,但很多年中我们对于民间的认识,是只限于表面的风格化理解,所以20世纪五六十年代对于民歌的学习,多是不得要领的。反而是在八九十年代,民歌的元素在诗歌中出现了复兴。海子的诗歌中,很多青年诗人的作品中,都融入了口语的和诙谐的民歌元素,给当代诗歌带来了新鲜的活力。

4. 诗人的最高层级是文明意义上的

假如诗人有一个最高层级的话，那么就应该是文明意义上的。

什么是文明意义上的诗人？恩格斯提供了一个角度，他在评价中世纪至文艺复兴过渡时期的诗人但丁时说，"他是中世纪的最后一位诗人，也是新时代的最初一位诗人"。这句话意味着，但丁就是文明意义上的诗人，因为他是中世纪的终结者，新世纪的预言者，这不是历史和文化意义上的交替，而是文明形态的转换。

这是对于诗人意义与地位的最高肯定，在人类历史上，这样的诗人并不是很多——意味着文明的转换也并不是很多。当然，这是在绝对的意义上的看法。在相对意义上，可以作为某种文明标志的诗人还有很多，比如中国古代作为农业文明之典范的诗人，比如陶渊明、王维，还有李白、杜甫、白居易、李商隐、苏轼、曹雪芹等都应该属于这样的例子。在西方，荷马、但丁、莎士比亚、弥尔顿、歌德、荷尔德林，甚至里尔克、普拉斯等，也都可以称得上是这样的诗人，他们分别属于古代文明、中世纪、文艺复兴和现代工业社会，这正是人类文明迄今的几个主要形态。

用新旧时代的最后一位和第一位来评价一个诗人，显然是很有力量的。在我观之，海子也应该被放到这样一个巨大的文明转折的过程中来看待，只有将他作为文明意义上的诗人看待，方能被充分认识。也就是说，海子在某种意义上可以解释为是一个代表——他代表了我们这个民族，在从一个农业社会转向现代工业文明的巨大转折过程中诞生的一个极为重要的诗人。它的标志性——套用恩格斯的话——可以看作是我们"农业文明时代的最后一位抒情诗人，同时又是现代文明，或工业时代即将到来的最初一位诗人"。在这个意义上，他具有了挽歌性，也同时具有了预言性和寓言性，他是一个行将消失的巨大文明的凭吊者、代言者和抒情者。如果这样来看的话，很多关于他的问题都能够得到解释。比如说他的诗歌语言的巨大穿透力，巨大的覆盖性与空间感，还有就是他历久而不衰的感染力等，都会得到更令人信服的诠释。

假如说在二十年前很多人还读不懂他的诗，包括他的抒情诗，是一个很普遍和自然的现象的话，那么现在大家都慢慢地能够读懂了，觉得能够进入他的语言了。这说明他具有相当大的前瞻性，先行者总是这样的，一个大诗人的语言世界一定是有超前性的。但对海子来讲，我觉得他的超前性和他的滞后性是统一的。所谓"滞后性"是说，他的很多东西可能在多年以后还能够生长和变化，能够渐渐为更多人所承认。总之谈论海子，需要一个更大的时空坐标。

怎么来说清楚这一点呢？打个比方，我们的历史上有很多大诗人，但如何谈论他们，要看你的尺度有多大——是以一百年为尺度，还是以五百年为尺度，还是以千年为尺度的，不同尺度我们就会对诗人有不同的定位和评价。举例如盛唐时代，我们看到群星璀璨，有很多的诗人，那这时候我们的尺度可能是一个百年；但如果你把唐代历史放在整个中国诗歌的历史里面，可能就是一个更大的尺度了——我们会因此觉得李杜特别伟大，但如果你只是聚焦盛唐，便会觉得除了他们还有更多了不起的诗人；如果考虑到中唐，那还有白居易、韩愈，放到晚唐还有很多非常好的诗人。显然，你在多大的尺度上讨论一个诗人，这是一个问题。如果文明是以一千年为尺度便会发现，我们只能找出五六个，至多是十个以内的大诗人。我们一定会首先考虑到屈原，考虑李杜，考虑苏轼，还有曹雪芹，就是这些了。当然，弹性也是有的，喜欢的话你还可以加上白居易、王维，加上陶渊明和李商隐等，在我看，还应该有一个南唐后主李煜……但是，大家会觉得元明以后的大诗人就越来越少了。

很显然，像海子谈论诗人的方式一样，诗人有各种量级和类型，他把诗人分成"王"或者"王子"等各种级别，其实也是尺度的问题。我们也会觉得，不同的尺度下，谈论的人和方式都会有差别。在一个什么样的背景和尺度上来讨论海子，是一个前提，同时又是一个决定性的因素。如果一个诗人的写作能够使这个即将消失的时代、即将消失的文明，以及与这种文明相匹配的语言，留下一道耀眼的闪电与划痕，留下一种巨大的挽歌性的生命力的话，他便是一位伟大的诗人。

如果说但丁传递了中世纪即将消亡、新世纪即将到来的这种巨大的时代信息的话，那么，我们在海子的诗歌中——如果考虑到他的长诗，考虑到他的诗歌抱负，他的诗论，还有他的抒情诗，把它们放在一块来考量的话，就会发现，他是传递了我们整个农业文明即将消亡的这样一种巨大的信息。

故而我们从美学上，可以把它看作是悲歌性的、挽歌性的，或哀歌性的一种吟咏，在他的诗歌里面大量的语词，这些标志性的符号，是雪山、马车、女神、村庄、麦地、庄稼，包括草原，还有"海子"……这样的一些符号，它们共同构成了一种农业文明背景下的语言系统和隐喻谱系。当然，这一点本身并不是问题，其他诗人可能也会使用这些词语，但就使用的有效性及其所传递的巨大的语意信息和美学的能量看，却是无人可比的。海子用他的这套语言系统，为我们留下了农业文明背景下最后的抒情诗，并且使之保持了最后的神性色调与总体性想象。

这是了不起的创造。在海子以后，这套语言失效了，谁要是再用它写作，其合法性和有效性都很难再建立了，但是海子成功了，海子成功地留下了一种范式，留下了经典，留下了可以传唱久远的诗篇。这个价值怎么来评判都是不为过的，我甚至觉得，从这个意义上讲，新诗诞生以来，能够使整个现代汉语发生一种质的飞跃的诗人，除了海子，很难再找到和他匹配的诗人。我们当然也可以考虑到新诗历史上的郭沫若、李金发、戴望舒、艾青，他们也使得新诗的语言从最早的粗浅的、浮泛的、缺乏美感的、相对单纯和幼稚的……一个起步阶段，向前推进了很多，发生了很多的变化，出现了很多有意思的生长，可以说他们都丰富了新诗的语言。但唯有海子才使之获得了可以与中国传统的伟大抒情语言相媲美的高度。他的《祖国（或以梦为马）》便是一首"小离骚"意义上的诗，它可以跟屈原的《离骚》来比较，可以放到一个平台上来对照。如果说《离骚》是伟大诗篇的话，我要问理由是什么？那就是它把远古的那种简朴的、比较粗硬和原始的汉语，变得非常润泽、非常丰富、非常炫丽、非常多意，同时具有了神性。也就是说，在屈原的笔下，汉语实现了一种前所未有的飞升，一种质变。这和恩斯特·卡西尔当年评价欧洲的语言和欧洲的诗人的时候说的一番话，是完全可以类比的。

5. 诗歌批评在现今，仍然是知人论世的工作

我在《像一场最高虚构的雪》这本书的序言里，提出了"文本还是人本，如何做诗歌的细读批评"这样一个命题，我是针对英美的"新批评"方法提出的。英美的"新批评"把诗歌批评专业化，创造了很多技术性的概念和范畴，比如说"语境"啊，"张力"啊，"隐喻"啊，等等，他们发明了很多概念，然后对本文进行处理，这很好，但另一方面他们又主张假定作者不存在，而单独非历史地、非人格地去进行纯文本解读，故有人也称其为本文主义批评。用专业性、技术化的批评理念来处理文本，这种批评方式对于中国的批评界有很多影响，有不少人学习并尝试用这种方法，去进行批评实践，有人也将此叫作细读批评。但是中国传统文学批评当中，也有一种细读批评，大家可能都忽视了，那就是历代的"诗话"。"诗话"其实都是细读批评，是针对某个文本，甚至是一句诗进行批评。比如说，王国维在评宋人的名句"红杏枝头春意闹"时，就特别说，"著一'闹'字，则境界全出"，他就单纯讨论那一个"闹"字。可见中国传统的诗歌批评也针对文本。

中西两种诗歌批评有相同的地方，也有不一样的地方。归根结底，中国传统诗歌批评强调的是文本背后的那个人，从司马迁那儿开始，就常有这样的句子，读其文，想见其为人也。什么意思呢？就是理解诗歌其实不是理解本文，而是理解背后的那个人——那个人的生命处境，那个人的情怀和抱负、胸襟和人格，我觉得这才是诗歌研究的正途。这种方式，在西方，现代也有，海德格尔和雅斯

贝斯他们经常使用这种方法。比如他们讨论荷尔德林时,他们把荷尔德林作为一个人,把他的命运的悲剧性融进对他诗歌的理解,那个生存者不仅是一个伟大的诗歌文本的创造者,更重要的是生成了一个伟大的人格,一种感人的生命处境。我觉得,真正好的诗歌批评应该以这个为终极目标。所以我强调,不是"文本主义",而是"人本主义"。虽然你是从文本出发,但最终一定要抵达人本;或者说,试图抵达人本。当然,有一些当代的诗人,他的生命人格也没有多了不起,你可以拿他当一个普通人来理解,一个普通人也有他的情志,也有他的生命处境,这些都应该作为解读诗歌的一部分。归结起来,就是孟夫子所讲的"知人论世"。"知人论世"的方法,就是细读批评的基本方法。这个话说起来很复杂,简言之,就是那么一个逻辑。这就是我认为当代的一个做诗歌研究、诗歌批评的人应该有的一种理解,或是应该秉持的一种逻辑。

我就是希望从这个角度去讨论诗歌,所以我把诗人分成好多种,一种是伟大的诗人,伟大的诗人是用燃烧生命去创作的,不是用文本创作,而是用生命,像屈原。屈原如果没有自杀,没有愤而投江去辩证他的《离骚》,比如他还活着,投降了秦国,他的《离骚》就是一个笑话。是吧?像李白,李白如果后来还仰人鼻息,做了某个官员的门客,或者做了皇帝的御用诗人,那他的什么"斗酒诗百篇""天子呼来不上船""仰天大笑出门去,我辈岂是蓬蒿人",就是胡说八道,都成了笑话,都成了骗子。他必须是志情合一的,他的生命实践和他的诗歌是统一的。所有大诗人,都是达到这个境界的。像海子也是,他用他的生命完成他的诗歌,他如果活着,当了教授,或挤于我们中间,他写《祖国(或以梦为马)》,声称"我不得不和烈士和小丑走在同一道路上","万人都要将火熄灭,我一人独将此火高高举起……我借此火得度一生的茫茫黑夜",那不是吹牛吗?所以,伟大的诗歌和伟大的人格是互相印证的,它缺一不可。你写出了伟大的诗,但你是一个俗不可耐的俗人,对不起,你就一个骗子。

不过,也有很多诗人没有惊天动地,但是他像李商隐说的"春蚕到死丝方尽,蜡炬成灰泪始干",是"春蚕到死""蜡炬成灰"式的写作,用漫长的一生去完成。杜甫就是这样的,他一生自我修炼,想成为儒家的典范人格,所以我们把杜甫叫"诗圣",他用一生来完成他的诗。李白可能用一首诗就完成了,但是杜甫需要用一生,李商隐也需要用一生。像南唐后主李煜,他本是一个无所事事的皇帝,他的诗歌华美婉约、颓废奢靡,那样的东西就没有太大的意义,但他做了亡国之君,他一生的不幸见证了他的亡国之音,也成了一个非常感人的诗人。你读李煜的词,为什么觉得感动,因为李煜作为亡国之君的命运见证了这些诗句。如果不是那些命运见证,他的词,也是一些虚头巴脑的东西。

我把诗歌做这样区分,主要还是从人本上区分,分为伟大的诗,重要的诗,优秀的诗,普通的诗;诗人也是分为伟大的诗人,重要的(或者是杰出的)诗人,优秀的诗人,一般意义上的诗人。现代以来的诗人,大部分是一般意义上的诗人。当然,有些诗人的人格是分裂的,像顾城,读顾城的诗,你就会觉得有一种特别复杂的东西在里面,就是因为他的人格是比较复杂的。他一方面很善良,很懦弱,很软弱,很单纯;另一方面又干了特别让人不可思议的残忍行为,那么他的诗我们在理解的时候就有一种复杂性的设置在里头。所谓的人本和文本的关系,大致上是这样一个理解。

2018—2021,断续写成

在"文本"与"修辞"的背后

"修辞与修行",是借了昌耀先生的话[①],我理解他的意思,在语言的修炼之外显然还有深意存焉。巧合的是,我差不多十年前也写过一篇短文,叫作《文本还是人本:如何做诗歌的细读批评》,与这个说法中的意思有些不谋而合。今天借这个机会,我刚好有理由再谈一谈自己的一些想法。

时代变了,确乎在今天,我们如果还是无限制地谈"修行"与"人本"的问题,会招致"现代性的嘲笑"。但我们同时又清楚,这一话题不是无边界的谈论,是在一个技术宰制,"机械复制"覆盖一切的时代,而且眼下又有了一个"ChatGPT",未来俨然要直接替代我们这些写作者,把我们贬为"伪作者"或"次作者"了。在这种情形下,重新思考"人本"与"修行"问题,似乎有了新的必要。

当然,"人本"并非将关于诗歌的理解简单化,将"人格"问题"神格"化。任何时候我们谈论诗歌,都首先意味着是在说"文本",须落实到语言上。所有伟大的、杰出的文本,能够在人们的心灵中留下划痕的文本,都首先是语言击中了我们。但是在语言的背后,感动我们的东西究竟是什么?肯定还是那背后的主体,是"修行者"那个人。

其实,几年前我的文章中也已阐述过这个意思。此处重提,是

[①] 昌耀先生在1990年9月7日给董林的信中,回答了后者的一个问题:"极具高古之意的诗歌语言如何修炼?"他说:"功夫不在于修辞本身,而在于'修行'。"此信未刊,笔者是日前在《诗刊》召开的讨论会上见到的。

觉得经历越久，就越容易认同一个更古老的经验，越容易想起孟子的那句老话："颂其诗，读其书，不知其人，可乎？是以论其世也。"这是《孟子·万章下》中的一句，他等于以此开创了中国文学批评的一个原初立场。这个"知人论世"，实际就是透过文章来看那个背后的人，理解那个人，那个生命的心灵与处境，这是理解所有文章和诗歌的终极目的。翻成拉康的说法，其实也就是从文本背后的那个人身上读见了我们自己，照见了我们自己。所以，所谓"读其文，想见其为人也"，其实说的是读者自己，这才是理解的终极境界。所有的感动，本质都是我们的自我镜像的投射，是他人对自己的印证或者反照，我们从那些情境中感受到自己的"幸存"——或者"幸免"，并从中生发出存在的悲悯，存在的侥幸，与生命的怜惜，感同身受又置身其外，方能设想其人，设想其处境与经历。

显然，从他人身上发现自己，这是批评和阅读的终极真相，也是目标，舍此很难再有别的目标。依黑格尔的说法，所谓的"美"，也即"人的主体（本质）力量的感性显现"，如果翻成拉康式的话，就是"照见了自己"。

所以我无法不认同上述古老的说法，只要生命只有一次，"每个人都是必死的"（海德格尔语）这一点不变，我们对诗歌的领悟、理解、阐释，根本上都是对于文本背后那个人的一种理解。再具体一点，也即是对那个人的处境和命运的感受，这个至关重要。所有中国传统诗歌中最感人的地方，无不是因为诗人对其生命处境的描摹和展示。"处境"一旦显现，人的一切经验也随之显现：并且由现实处境升华为一种生命处境，进而提升为一种精神或人格处境，最终炼化为一种哲学境地——这就是陈子昂的"前不见古人，后不见来者,念天地之悠悠,独怆然而涕下"那样的一种孤绝;是张若虚的"江畔何人初见月,江月何年初照人","不知江月待何人,但见长江送流水"那样的怅惘与悲伤。我们会为这诗人的境遇——最终也是我们自己的境遇,而感动和哭泣。

这并不是古旧或腐朽的老套,因为它分明也同时抵达了现代主义,甚至存在主义意义上的主体与经验的阐释。其实与海德格尔所讨论"人的处境"——他在《林中路》等著作中讨论特拉克尔,或者荷尔德林的诗时,所表达的那些观点,也是一样的。

因此我觉得,古往今来,人们关于诗的理解都是相通的,这相通之处就在于关于人的理解,关于人的境遇、命运,人的精神世界的领悟、认同,以及悲悯,永远都是接近的。诗歌的使命之一,便是"使一切人成为同时代人"(海子语)。这是我们研究诗、读诗,包括诵读诗的真谛。"朗诵诗"本质上并不是对文本的一种表演化的演绎或夸张,而是对于文本背后那个人的处境的一种悉心的体察。所以,多年前我听到某电视台节目主持人的朗诵时,曾贸然唐突地提出了意见,认为他们不是在表达,而是在曲解诗人与他们的作品。他们都是很优秀的"朗诵艺术家",但他们没有真正了解作品背后的人究竟经历了什么,所以朗诵作品时完全悖离了那诗的含义。借用欧阳江河的话说,他们不假思索地使用了"春晚腔",用一种格式化的高昂而甜美的语调,曲解了一首充满悲情与绝望的诗。所以,不加鉴别地认为这种语调会适用一切语言,其实是绝大的误会。

上述当然是最浅表普通的一个例子。再深一步说,我们的艺术家们之所以失了水准,是因为他们通常都只是通过"文本"与"修辞"来理解作品,他们通常做不到在文本与修辞的背后,去寻找诗歌的真相与真谛。

言归正传,我在近二十年前曾提出一个设定,将我个人谈论诗的基本标尺,或者叫最高标尺,设定为"生命本体论的诗学"。但是我觉得我始终没有充分的底气和资格,去阐释这样一种诗学,所以后来又借用了一个"修辞"——用了"上帝的诗学"的说法,而且又退了一步,叫作"猜测上帝的诗学"。不配去直接表述,难道"猜测"还不行吗?上帝的诗学自然是绝对的诗学,我作为肉身凡胎,只能去假想这样一种尺度,以此实现一种借喻。

但其实这一借喻的含义,既很清晰也很直接,就是尝试从最高角度、最高的意义上,去解释什么叫"生命本体论的诗学"。生命本体,就是从诗人的生命人格实践的根本向度,去阐释和评价诗人的作品,去实现一种由主体生命投射的理解和印证。

我当然清楚,早已有前辈或同行提出过"生命诗学"一类概念,尤其是陈超,他的诗学思想影响深远。但我的意思与他不同,我所强调的,是诗歌的主体性和人本本位的意义,而他强调的,更多是历史伦理层面的人的价值。一个强调生命本身,一个强调伦理实践,一个更倾向于哲学,一个则立足历史。让我稍微荡开一点,陈超诗学实践的成功之处,主要在于两点,一是他有新批评理论赋予的细读手段与方法;二是他倡扬以历史正义和精神担当为根基的生命诗学。前者给他提供了修辞层面、语意层面和文本层面的强大阐释力,所以,他首先是一个"文本主义"者,这也确立了他在"50后"批评家中非常突出的学院派地位,他的细读批评的专业与精微,在同代人中几乎无与伦比;其次就是基于他对历史正义的孜孜以求而提出的"生命诗学",包括他的"深入当代""噬心主题""历史想象力"等概念,都是后者的精神投射与自然延伸。说简单点,他的诗学构成中,一是文本主义,二是人本主义,两者构成了一个有机而巧妙的平衡。

我所说的"生命本体论的诗学",应该比陈超的观点更普泛。我想提出的,是一种哲学意义上的"拟绝对的批评尺度"。但是这种绝对尺度对于具体的诗歌批评来说,并不总是适用,它只是标明一种极限和边界。但是它摆在那里,是一个终极的尺度——也就是"上帝的诗学"。上帝假如有诗学,意味着一定是最公平的,他的原则一定是,让诗人承受多少痛苦和磨难,便会赋予他多少价值。这就是我们从屈原的诗歌里所读到的东西,生命人格实践的珍贵与价值。直白一点说,他巨大的痛苦与牺牲,他非凡的生命人格实践,铸就了他诗歌的价值;而他的诗歌的境界,也反过来映照和印证了他出众的人格,他的文本和人格已经牢牢地互嵌在了一起。某种意义上也可以说,他写出了《离骚》这样的伟大诗篇,也便无法再苟活于世,必定会以身殉诗;反过来,他的愤而投江,也铸就了他诗歌的高度与感人的品质。很显然,如果屈原写出了《离骚》却还苟活在世界上,那么《离骚》就变成了一首虚伪的诗篇,它在诗歌史和文化史上的价值与意义,便立刻瓦解和贬值了。

这也是雅斯贝斯的观点。他曾说,现代以来"几乎所有的伟大诗人都是毁灭自己于创作之中,毁灭自己于深渊之中"。在他看来,大诗人只有一个例外就是歌德,歌德成功活到了老年。其他诗人无不是悲剧型深渊式的人格,他举的例子,就是荷尔德林、凡·高这种绝对意义上的诗人,或者艺术家。我们可以顺道举出更多,波德莱尔、兰波、魏尔伦、尼采、克莱斯特、西尔维娅·普拉斯、弗吉尼亚·伍尔夫……他们都是因为生命人格中的某种悲剧性,而同时凸显了其诗歌的意义。再向前追溯,浪漫主义诗人的人格就更带有悲剧性,但与现代主义者相比,他们更接近于海子所形容的"王子""半神"和"英雄"之类,而后者则更接近于本雅明所说的"身份暧昧者",幽灵般的"游荡者"身份。他们与浪漫主义诗人充满优越感的明亮的人格范型相比,显得过于阴暗和幽晦了。

自然,这些说法差不多都属于"前现代主义"的一种理解了,如果在"当代性"的意义上,我们不能要求诗人写出一首伟大诗篇,都要以身殉诗。"海子式"的行为,可能已经成为历史了,海子之后,所有试图以自杀来完成自己文本的诗人,几乎再无成功者。这也应了雅斯贝斯的话,他们是"历史一次性生存的诗人",是无法复制和模仿的,就像屈原是不可复制的一样。海子也有同样的说法,即"一次性写作","一次性诗歌行动",所以这样的诗学也近乎是残酷的。即使有类似的例子,其意义也明显被降解了。但即使被降解,生命人格实践依然对作品具有印证或映照的作用。让我举出一个例子——卧夫,他活着的时候,没有人相信他是一个有着"海子式"性格的诗人。我们都以为他是一个与我们一样的凡夫俗子,没有人真正关注过他。每次参加诗歌活动,他都像一位小报记者,手拿相机为所有人拍照,然后会说:"等我发照片给你。"有时他腋下还会夹着一大卷宣纸,见人就请签名,让人误以为是个不入流的收藏家,一个诗歌混混。但就是这位卧夫,有一天竟然死在了燕山孤绝的山顶,是绝食而亡。如果不是因为警方碰巧找到了关键线索,他可能会被作为一个无名的死者处理掉，幸好他有一次酒驾，被公安部门留下了基因样本，才被核实了身份。当他去世以后，好些人忽然发现，他的诗居然还写得很好。我受到震动之余，也找出他的作品，忽然发现我也被感动了。那时我从他的诗中读到了过去完全没有意识到的东西，读到了他对生命的态度，他的悲观与决绝，通达与洞悉，也读到了他的执着与放手，爱欲与幻灭……而且竟如此不俗，如此丰富而深远。可是，他活着的时候却从没有人重视，没人给予过他哪怕一点点真诚的理解与面对。而现在，当我们直面这样一个让人痛彻心扉的悲剧的时候，我们才忽然发现了他诗歌中的价值，那些无可替代的真诚与率性、善良与美好，这些情愫也才忽然变得那样珍贵，令人感动和唏嘘。

这一例证让我感觉到，人本主义的诗歌观是多么自然和重要，假如我们仅仅把卧夫的作品当作普通的文本，把他的诙谐和简洁当作一种"修辞"风格，就不仅显得浅薄，而且有些轻薄和不道德。一旦我们将这些文本同眼前这个令人惋惜和心痛的人联系起来，一切马上变得不一样，他的文本中立刻显现出了珍贵的、可以印证某种生命绝境的东西。连同他的诙谐与幽默，也变成了令人感到噬心的反证。

显然，生命诗学观让我改变了对卧夫与他的诗歌的看法，尽管他并没有在社会历史的意义上成为一个了不起的人，但他也绝不是原来我们所误解的那个卑微的诗歌混混，而是一个纯粹的、独具性灵的人，他的作品也不是可有可无的无病呻吟，而是一个独异的灵魂的真实映象与写照。这也表明，从生命本体论的角度来观照作品，和纯粹从文本看文本，得出的结论是完全不一样的。

这或许能够辅助我们解开，什么是"生命本体论的诗学"。这已经比屈原、海子的绝对性例子降解了一级，但我以为还不能算是"说清楚"了，因为这依然有可能将这一问题神化和圣化，我们尤其不能把诗人"悲剧性的生命人格实践"，变成一种变相的"嗜血的道德主义"解读。这就要我们必须再后退一步，不把诗歌的生命意义与价值建立在狭义的"人的牺牲"这种前提下，而是试图寻求更加平缓、普通和朴素的理解。即，不只屈原那种惨烈的生命实践是珍贵的，李白式的隐逸遁世与纵情山水也是诗意的，杜甫那种悲天悯人感时伤世的人格也是令人钦敬的，苏东坡那洞悉生死旷达彻悟的人生也有独一无二的意义。甚至杜牧式的玩世放纵、李煜式的悲情没落，也都足以映照他们的作品，使之彰显出不同寻常的意义与价值。因此，像火山爆发那样是一种人格，如春蚕吐丝也是一种人格。无论读李商隐还是读李煜，我们都不会将其人的境遇置之度外。

所以，我所强调的生命人格实践，显然不是从道德角度来阐释的。像南唐后主，假如我们从政治学、伦理学、社会学的角度来看待，他足以称得上是一个蠢材，甚至是懦夫，既不是一个合格的皇帝，也不是一个凡俗意义上的丈夫。然而他却写出了感人的诗篇，为何？因为他真实而坦然地面对了自己的失败，他将一个失败者的处境真实地、淋漓尽致地呈现了出来，这就足以令人感慨、感动。当他写出了这一切的时候，我们反而觉得他是一个不俗的人，也称得上是一种人格的典范。就我个人而言，其实我更认同像李煜这样的失败者，他真诚地面对了自己的命运，他就成了一个了不起的诗人。王国维说的"以血书者也"，也即是"以生命为赌注的写作"，这一境界对他而言，当然是被迫的，并非一个英雄的逻辑，但这被迫的以血以命本身，也是一种悲剧的境遇。所以他说"词至李后主，而眼界始大"，我对这一说法深为认同。

　　说到了王国维，他的诗话之所以令人叫绝，在我看来，就是因为他持了生命本体论的看法，他讨论诗的时候，无一不是讨论生命本身，讨论人的身世、处境与灵魂。

　　因此"修身"也好，"人本"也罢，绝不是一个道德主义的立场，不是世俗意义上的"成功"与"成仁"。我前文所说的，其实都是"牺牲"或"失败"式的"人本"，这与司马迁所说的"发愤之作"，骨子里都属同一逻辑，所以尚不能算是完成了"当代性的阐释"。如果要实现这一点，那就必须还要承认，"生命人格"不止包含了情感逻辑，道德基础，人生的失败、失意、磨损、衰败，还应该承认超出上述"生命人格"的"智力逻辑"。比如坐在我面前的这个例子——欧阳江河，他在生活当中几乎完全区别于以上所提到的诗人，因为他几乎与痛苦和颓废无缘，与失败和灰暗无缘。他是我们生活中的永动机，也是当代诗歌"观念的发动机"，在他这儿我从没有读到过类似"牺牲"与"失败"的半点痕迹，那么我们的生命本体论的诗学在他这儿还有没有效力？显然也是有的，他这本身就是"创格"，他为我们创建了一种与古典式人格完全区别的，甚至与浪漫主义、现代主义的人格范型也没有什么关系的，一种新的"积极的"人格类型，一个不会"感伤"和"流泪"的生命主体。当然他也许可以归为一种更加"返古型"的，为席勒所说的自然意义上的"朴素的诗人"，如荷马、品达，或是维吉尔、奥维德式的诗人，他更近似于"智力"意义上的"史诗诗人"，而不是"情感"意义上的"感伤的诗人"。

所以,"当代性"或许应该、或者至少是可以包含这样一种人格类型的:不以情感或负面的情志反噬自身的,不以毁灭与牺牲、痛苦与颓废、疾病与缺陷等为特征的新类型。诗人倚靠智力与知性生存和写作,那种传统意义上的"人格化"的属性,则被淡化、潜隐、改造和替换,这也应该是值得我们承认和考量的。

说了这么多,依然还没有说清楚,在"修辞"和"文本"背后到底是什么,只能勉强地说,所谓"修身"和"人本"才是根本,不只对于写作者来说是如此,对于文本的阐释者也同样适用。这是我关于这个问题长期以来的一点基本想法,敬乞大家批评。

文本还是人本：如何做诗歌的细读

在英美人发明了"细读批评"之前，似乎从来不存在一种单从文本出发的阐释工作。但细察中国文学批评史，我们的先人却似乎早已有一种类似的实践。而且就"批"与"评"而言，在中国人这里，是产生于读者与文本及作者的一种"对话"，常穿插于行文之中，原书之内，行间为批，文末为评。此早见于各家经史子集的注疏，仅就《史记》版本而言，正文间就同时穿插了"集解""正义""索隐"等内容，文末还有作者自己的评论，"太史公曰"云云，读其文可谓有种类似"复调"和"解构主义情境"的体验。在文学领域，则盛于明清之际的小说批评。如张竹坡批评《金瓶梅》，李卓吾批评《忠义水浒传》，毛宗岗批评《三国演义》，至于《红楼梦》的批评，则更是产生出了一门让人望而头晕的"红学"。批评文字的掺入，使这些小说都变成了"双重文本"，彼此构成了一种"中国式的解构主义"实践。在诗歌领域，我们的先人也同样有很多精细的做法，历代选家的各种归纳和分类，诗家所作繁多的"诗话"，都有细读功夫在其中。然诗歌与小说终究不同，很多阐释并不求达诂。从孔夫子的"诗三百，一言以蔽之，曰：'思无邪。'"开始，就很有些刻意的语焉不详——明明有很多需要阐释的复杂含义，有许多"无意识"的、身体的、力比多和性的隐喻闪烁其中，却偏要说"思无邪"。还有王国维式的那些感悟之说，"有我之境"与"无我之境"的体味，古今成大事者之"三重境界"云云，都是越过逻辑直奔真理的讨论，而并不刻意体现字里行间的"细读"功夫。

　　细观两种批评，英美的"新批评"强调的是唯文本论，不准备考虑作者的因素，而只探察"文本"本身的技术与含义。但在中国古人的批评观里，则首要强调"人本"的意义，从孟夫子的"知人论世"，到司马迁的"悲其志，想见其为人也"，历代的读书人无不强调这种读其诗书，设想其人格境界的"人本"立场。而这也正是笔者早在十多年前即试图诠释的"上帝的诗学"之理由与缘起。所谓"上帝的诗学"，实在是一种极言之的借喻，是"生命本体论的诗学观"的一种说法。即，对文本的认知，应该基于对写作者生命人格实践的探知与理解。这就像"上帝"——或者造化与命运法则本身——所持的公平，他赋予了写作者多少痛苦与磨难，就会在文本中还其以多少感人的力量与质地。而这也正应了中国人对"文章憎命达，诗穷而后工"的理解，从司马迁所说的"屈原放逐，乃赋《离骚》；左丘失明，厥有《国语》"的"发愤著书"，到杜甫怀想李白时所叹的"文章憎命达，魑魅喜人过"，从韩愈的"不平则鸣"，到欧阳修的"穷而后工"，都是近乎于这种生命本体论的诗学观的典范论述。

　　而此种理解，在雅斯贝斯的哲学中也得到了类似的阐述，他在推崇荷尔德林等作家时曾解释道，伟大作家"是特定状况中历史一次性的生存"，"伟大的作品，是毁灭自己于作品之中，毁灭自己于深渊之中的一次性写作"。他列举了西方文艺复兴以来的米开朗琪罗、荷尔德林和凡·高，认为他们都是此种类型的创造者。从人格上说，他们要么是一些失败者，要么是一些"伟大的精神病患者"。

在所有伟大的诗人中,"只有歌德是一个例外",只有他成功地躲过了深渊和毁灭。这些说法与司马迁以来的人本主义文学观可谓是相似或神合的。当代的海子也表达了近似的观点,他说,"伟大诗歌是主体人类突入原始性力量的一次性诗歌行动"。这种不可复制的一次性,指的也是文本与人本的合一,生命人格实践对作品的见证。"我必将失败,但诗歌本身以太阳必将胜利。"在他的堪称"小《离骚》"的抒情诗篇《祖国(或以梦为马)》中,他甚至还做了这样骄傲的预言。

某种意义上可以说,海子这样的诗人,正是"上帝的诗学"或"生命本体论诗学"的最经典的例证。

因此,我所推崇的"细读",说到底并非一种"唯文本论"的技术主义的解析或赏读,而更多的是试图在诗与人之间寻找一种互证,一种内在的阐释关系。唯其如此,才能真正接近于一种"文学是人学"的理解。窃以为"新批评派"带给诗歌批评的最有价值的部分,正是一种专业化的意识,一套可操作性的范畴与方法,以及将文本的内部凸显出来的自觉。但如果真的脱离人本的立场,以纯然的技术主义态度来进入诗歌,在我看来恰恰是舍本求末的,绝非诗歌研究和文学批评的正途,更谈不上终极境界。因为从诗歌的角度看,也许从来就不存在一种与作者和人脱离了创造与互证关系的"纯文本",从来就不存在一种单纯作为技术和知识的非审美范畴的诗歌阅读。假如是以"唯文本论"的态度来理解的话,我们永远也不会读懂海子的"我必将失败,但诗歌本身以太阳必将胜利"的含义;也不会读懂"屈原放逐,乃赋《离骚》"的感慨抱负。即便是王国维所说的"无我之境",也是抒情主人公的一种人格化的态度,一种超然物外的气度和风神的传达,是另一个"我"的呈现,而绝非没有主体参与的修辞与语言游戏。因此,真正理想和诗意的批评,永远是具有人本立场和人文主义境地的批评。

这也应和了海德格尔的说法,"探讨语言意味着:恰恰不是把语言,而是把我们,带到语言之本质的位置那里,也即,聚集入大道之中"(《在通向语言的途中》)。这种"大道"显然是言与思的统一,人与文的同在。无论是从哲学和玄学的层面,还是从审美和批评实践的层面,都应该把诗歌阅读看作是一种人与文同在的活动。

当然也有不同的理解——史蒂文斯就说:"一首诗未必释放一种意义,正如世上大多数事物并不释放意义。"该怎样理解这样的说法呢?其实也并不难领会,"泛意义化"的诗歌阐释,也如汉代的腐儒们总爱将诗意解释为所谓的"后妃之德",其实是违背了夫子的立场和观点,是一种可笑的"过度阐释"。夫子所说的"事父""事君"与"兴观群怨"的诸种意义之外,还有"多识于草木鸟兽之名"的游戏或知识的功能,用今天的话说,即"并不一定是有意义的,然而却是有意思的"。这自然也是诗歌的应有之义。所以,人本主义的理解和批评,也并不意味着一切皆意义化甚至道德化,而应该也像人并不总是着眼于意义一样,还应该考虑到各种趣味的合理性。正如王国维讨论"'红杏枝头春意闹',著一'闹'字而境界全出……"一样,在意义之外,还有一个"趣"字,"趣"也是人的情味与欲求所在,可以见出主人公的人格形貌与风度修为。真正现代批评观念的理解,是不应该排除这些内涵的。

因此，将诗歌"总体化"和"人格化"的理解，并不意味着随时将文本大而化之地、笼统和搪塞地予以简单化的处置，通过"将主体神化"而将文本束之高阁，以推诿自己的低能和懒惰。而恰恰应该把诗歌的各种功能与处境，各种不同的范畴和价值，多向和多元地解释出来，甚至把无意识的内容也要离析出来，这才是真正精细的批评工作。海德格尔并不广泛和通行的诗歌批评之所以充满魅力和"魔性"，就是他随时能够将诗句升华为形而上学的思辨和冥想，又随时能够将哲学的玄思迅速还原为感性的语句的例证；王国维也是这样，他总是能够从少许的诗句中提炼出精妙的见地，使之由单个的案例生成为一般的原理，给人以深远而长久的启示。他的那些概括总是能够以少胜多，直奔真理。

有没有一种"总体性意义上的诗歌"？当我们说"诗歌"的时候，其实是在说形而上学意义上的，或者"总体"意义上的诗，这时我们说的不是具体的文本，而是由伟大作品或伟大诗人所标定的某种标准和高度，由他们所生发出的文本概念或规则。如果是从这样的意义上讨论的话，那么它是存在的。正如我们说"语言"，并不是在说某个具体的话语和言语，而是在说所有话语和言语的可能性，以及其存在的前提，是指全部语言的规则与先验性的存在。那么据此，我们再讨论"作为文本的诗歌"，即具体的作品，每一个具体的文本从一开始产生就面临着一种命定的处境，即与总体性的概念和规则之间的关系，这是我们讨论一首诗的前提。它的水准与品质、美感与价值的认定，无不是在这样的一种关系中来辨析和认定的。

在"总体性文本"之外，还会涉及"作为人本的文本"，即从一个诗人的整体性的角度来考量诗歌，因为一个具体的文本与它的作者之间的关系是必须要考量的，这其中包含了复杂的"互文"关系：单个文本与其他文本之间的关系，单个文本与该位诗人的全部文本之间的互文关系，单个文本与诗人的生命人格实践之间的见证关系，这三者都须要考虑在内。比如，假定我们没有读过海子的长诗，假定我们不了解他悲剧性的生命人格实践，就不可能会理解他的《祖国（或以梦为马）》这样的诗篇，为什么会使用了如此"伟大的语言"，也不会真正理解它的境界与意义；假如我们对于食指的悲剧性人生毫不知情，那么也不会读懂他的《相信未来》这类作品中所真正生发的历史的和人格化的感人内涵。

我当然没有必要再度将"文本"和"细读"的问题玄学化，绕来绕去将读者引到五里雾中。只是说，作为文本会有不同的处理层次，我们的细读必然要时时将总体性的思考与单个文本或诗句的讨论建立联系，就像海德格尔和王国维所做的那样。当他们谈论一首甚至一句诗歌，无不是在谈论总体意义上的诗歌；反之亦然，当他们谈论总体性的玄学意义上的诗歌的时候，又无不是迅速地落在一句或一首诗歌的感性存在之上。我认为这才是最有意义且最迷人的讨论。我虽然尚没有自信说自己也做到了这一点，但却是自觉不自觉地，在朝这种方向和方式努力。

去岁，我偶然读到了四川的一位青年诗人白鹤林的一首《诗歌论》，这种作品在现今其实并不十分罕见，许多诗人都有"元写作"的实践，即在一首诗中加入了关于诗歌写作的问题的思考。但这首诗给我的启示却似乎格外敏感和心有戚戚，所以我忍不住还是在这里再引用一下其中的几句：

难道诗歌真能预示，我们的人生际遇
或命运？又或者，正是现实世界
早先写就了我们全部的诗句？
我脑际浮现那老人满头的银丝，
像一场最高虚构的雪，落在现实主义
夜晚的灯前。我独自冥想——
诗歌，不正是诗人执意去背负的
那古老或虚妄之物？或我们自身的命运？
……

  难怪海德格尔动辄会无头无尾地引述一两句诗，来表述、代替或跳过他紧张而中断的哲学逻辑，因为诗歌确乎有比哲学更靠近真理、更便捷地通向真理的可能。在这首诗中，写作者揭示出许多用逻辑推论都难以说得清楚的道理。比如：诗歌与人生的必然的交集与印证关系；真正的诗歌都充满了"先验"意味，仿佛早已存在一样；诗歌作为生命的结晶，可谓既是"纯粹现实的"，又是"最高虚构的"；诗歌是此在之物，但又是古老的和历史的虚无与虚妄之物；而这一切就是诗人注定无法改换的处境和命运……

  这样的"细读"当然会变得十分多余。但有一点，看起来无用或多余的文字，与诗歌的充满灵悟与神性的文字的交集，还是会生发出一些必要的东西。就如白鹤林在史蒂文斯的诗句上衍生出了这段神来之笔的文字一样，我们的细读，或许还是会在多余与无用的碰撞中生发出迷人的新意。

与一场自然的细雨一样，文字的作用同样是这样一种充满偶然与相遇的神奇境遇。在这春日迷蒙的夜色之中，那些冥冥中的幽灵，语义或意象的游魂，文字和诗意的鬼魅，都不自觉地出笼了。远在大洋彼岸的一位从未相识、也不可能相识的诗人，就在这夜雨中复活，她的诗句也变成了无边的细雨和水滴，在这夜色中游荡并且召唤。

　　天空下着有气无力的水滴
　　这死亡的姐妹，这痛苦地下来的
　　致命的水滴，难道你们还能
　　再沉睡？……

　　这是米斯特拉尔的《细雨》中的句子，她已谢世多年了，但读这样的诗歌却有近在眼前的幻觉。透过句子我们仿佛看到一个犹疑的灵魂，一个在细雨中忧伤又生发着灵感的人的徘徊。以永恒诗歌的名义，她在召唤着古往今来的一切幽灵和我们。此时此刻，仿佛杜甫的春夜喜雨，又仿佛杜牧的南国烟雨，韩愈的天街小雨，或是戴望舒的丁香之雨，顾城的灰暗之雨，它们俱各还魂复活，彼此交集。但这雨中最显眼的，仍然是它们的主人的身影。

　　一切似乎越来越言不及义。我想我将这当作一种启示和比喻，是想借以说明什么是诗歌和细读，它们与什么有关，怎样才能使两者走近，获得意义。我确信我说清楚了，但也知道又近乎什么也没有说。

2016 年春日午夜，北京清河居

野有蔓草，现在哪里

《诗经》的《郑风》中，有这篇《野有蔓草》。在毛苌看来，这是"思遇时也"，从男女之情，又升华为"君之泽不下流"所致。所谓君之泽到不了民间，兼有战乱阻隔，男女错失其时。这些解释差不多都属道德家的专断了。在笔者看，这就是一首调情的诗，很自然地表达男女的本能，对身体的生命渴念。倒是夫子看得清楚，他之认为"郑声淫"，倒也是合乎实情的。但同时，他又有一个"总体性的判断"，对其局部的看法做了矫正，说："诗三百，一言以蔽之，曰：思无邪。"

这个说法很重要，这才是属于诗歌的判断。所谓"思无邪"，除了说诗本身之情感的自然与天真，同时也含有对阅读的一种提醒，是要让读者心存质朴，不要"往歪了想"。

关于"质朴"，近代的学人辜鸿铭在讨论各国之"民族精神"的时候，曾做过有意思的讨论，我以为他所说的，是一个完全超乎道德的概念。

由此看，这倒是一种与"现代性"相合的观念了。比之其他民族，中国人原本并无更多的压抑，可以在诗歌中很自然地表达其所感所想，包括本能与无意识。

所以，我以为传统文学与古典诗歌对于当代的影响，不仅是可能的、实实在在的，也是完全有必要的，和可以有裨益的。

传统精神是一种无处不在的东西，在文学中，不是你愿意与否就能决定的。比如，中国人原是不相信这个世界会"进步"的，在中国原发的世界观和宇宙观中，大概只有永恒的循环，周而复始，"分久必合，合久必分"，"一世一劫，几世几劫"，并无黑格尔所说的必然论和达尔文所阐述的进化论，所以在文学中所描写的，从来都是一种虚惘与感伤的体验，读汉魏六朝乃至唐代以来的诗歌，看看《金瓶梅》的结尾、《红楼梦》的结尾，都会对这一点深信不疑。

启蒙运动终结了这些古典的思想和意趣，开始了进步论的叙事，但是进步论只是现代性的一翼，文学的使命还要对现代性的逻辑进行反思，如此就有了传统的复活。在20世纪80年代，传统叙事观念开始在小说的复活，莫言的《红高粱家族》首先更新了"进化论"的故事谱系，从"爷爷奶奶""父亲母亲"的生活，到当代的"我"，呈现了"降幂排列"的逻辑；90年代的《废都》与《长恨歌》，先后复活了《金瓶梅》和《红楼梦》式的故事逻辑；世纪之交以来，又有了格非的《江南三部曲》。这些作品明确地预示了传统文学的古老原型在当代的重现与修复。这无论如何都是新文学以来的大事。

至于诗歌中的传统影响，大约是无处不在的，要想说清楚比较难，因为语言的变化让很多人认为，新诗与旧诗之间出现了彻底断裂，但是稍加回顾就会发现，在20世纪20年代，新诗中立刻就出现了传统意趣的回潮。李金发的作品中大量出现了古典语汇，而戴望舒的诗歌中则出现了更多古典的意境，这种传统到了50年代之后，又在台湾现代诗中大量出现。羊令野、郑愁予、余光中等人的诗歌中，都可以看出传统元素如主题、意境、词语、情趣、技法等的大量出现，这些使得现代汉语的写作，再度获得了传统的禀赋，有了更为深远的根基与支持。

有一首众人耳熟能详的短诗，就是郑愁予的《错误》，它甚至可以看作是温庭筠的《望江南》的互文或者改写，"梳洗罢，独倚望江楼。过尽千帆皆不是，斜晖脉脉水悠悠。肠断白蘋洲。"郑愁予将此诗的意境近乎完全复制下来，构造了一个黄昏时分的江南故事，一串疾驰的马蹄声响起，一位闺中少妇以为她的郎君归来，急忙出迎，与陌生人撞个满怀，发生了一个让人感慨万千的美丽错误。

这是教科书意义上的传承，美好，但没有那么复杂。

在当代的诗人那里，古典诗歌元素的化用出现了更加复杂的状况，像欧阳江河、西川、王家新、张枣、柏桦、肖开愚、杨健等，都有以对话、互文、嵌入、衍生等方式与传统诗歌之间的所进行的互动式写作。其中固然有他们对于杜甫、李白、韩愈、黄山谷等的复杂的再诠释，也有无法对证和确认的偷梁换柱与潜行暗藏，无论是哪一种，第三代诗人在90年代以降完成了一个将传统以"现代性与复杂化的方式"予以彰显的过程。尽管这一过程并未为更多人所意识，这是一种对于语言之根、经验与感受的民族性的方式的寻找与发现，是不可忽略的一个过程。

张枣的《镜中》堪称是一个例子。这首诗很难判断它究竟改写了哪一个古人的哪一首诗，但却从中隐约可以看出一些痕迹，比如李商隐，比如李煜，或者还有花间派的某些痕迹，总之它的具体性并不明显，但上述元素又似乎无处不在。诗中那位灵魂出窍的"皇帝",和他眼前似是而非的红颜,他们之间似乎咫尺之间,又似乎远隔千年,这似乎是现实中的场景,又更像是梦境与无意识。"人似秋鸿来有信,事如春梦了无痕",这首诗的意境达到了感性中无限重合与逃逸,所谓似是而非,相似而又不确定。它体现了当代诗歌对于传统的吸纳关系中,最具有丰富性与当代性的范例。

笔者自己的一首《野有蔓草》,可以是一个直观的例子。我以为,某一天我通过这首诗忽然找到了对于《诗经》的读法,之前我一直认为所谓"采诗官"是一个很抽象的主体,但通过这一首,我以为我找到了《诗经》的作者,其中的那些作品,也就有了真实而可感的界面。

> 从卫风穿过王风,来到了略显放荡的
> 郑风。郑地之野有蔓草,采诗官看到
> 蔓草疯长,上有青涩的新鲜汁液和味道
> 他轻触着这片最小的原野,它茂盛的草丛
> 尚未修剪。风轻轻掠过,小谣曲
> 在树丛间低声盘旋,湖里的涟漪正在荡开
> 他的手也变得虚无,无助,像游吟者
> 那样伤感。"野有蔓草,零露漙兮",语言
> 永远比事实来得贫乏,也可能丰富。它们
> 从来都不会对等的碎屑,此刻挂住了漫游者
> 让他不得不抽离于凌乱的现实,驻足于
> 那些暧昧的文字和韵律,并在语句中

搅动了那原本静止的湖面。将小鱼的躁躜声
悄悄遮覆在温柔之乡的水底

这采诗官与现实的相遇,既可以是三千年前的情景,也可以就是现在。诗人的魂魄穿越千年,来到了当代,就在我们身上。

如何使诗歌写作更接近肉身和灵魂

怎样使诗歌写作更接近肉身和灵魂——我说的是同时接近，这是我一直思考的问题。离肉身远，写作无有趣味，缺少生气；离灵魂远，则文本不够高级，缺少意义。所以，我所着迷的理想状态，应该是理性与感性的纠缠一体，是思想与无意识的互相进入，是它们不分彼此地如胶似漆。

这样说有言不及义之感，并非要占据什么观念的高地，也不纯然是一种逻辑和理论的设计，而是写作中的真实感受。多年从事研究与批评工作的职业病，曾使我过于迷恋文本中的观念载量，但后来发现，往往是因为过于清晰和自觉的观念诉求，而使写作变得呆板，甚至产生了意义的自我抑制与自我抵消；而偶然可以放松和"不追求意义"的时候，反而会有一点不期而遇的神来之笔，让句子有点意思。

显然，意义的减载和意趣的增加，两者之间的某种辩证关系，可能构成了某种写作的奥秘。这是感性与无意识被解放之后的意外之喜。我用了很多年才意识到这一点，但还只是意识到而已，还没有很好地实现解放，而只是偶尔会有一点点临界的体会。

这构成了当代诗歌，或者诗歌的当代性中非常重要的一点，就是同时强调"有意义"和"有意思"——甚至后者的权重要超过前者。"有意思"是趣味性的东西，纯然诉诸直觉印象、错觉反应、难以解说的无意识经验与活动，它是意趣的难以言传，与灵犀的不可言喻，它有时可能并没有清晰的概念性"意义"，但却令人忍俊不禁，叫人怦然心动，让人感到萦绕于心，挥斥难去。

其实，唐宋诗歌中已经大量写到无意识的东西，或者具有无意识支持的日常经验。"山重水复疑无路，柳暗花明又一村"，陆游的《游山西村》中明显具有这样的意味。孟浩然的《宿建德江》中"野旷天低树，江清月近人"亦庶几近之。刘长卿《寻南溪常山道人隐居》诗："溪花与禅意，相对亦忘言。"大约也有这样的意思。"禅意"与"言说"之间有一个近似于德里达所说的"延异"，言近意远，言不及义，"说时迟，那时快"之类，均是说"言与意"之间的不同步或不匹配。王维的"空山不见人，但闻人语响"，甚至连主体也是悬置的，这人语只是声音，而并无意义。

但这些或许有强加于人的意思，用无意识来解释，不一定周全，很多东西有我们现代的投射与理解。至宋代，诗歌偏离了唐人的情志，渐渐注重说理，未免枯燥。不过宋人亦有自己的解决方案，就是在"理"字上再加一个"趣"字，有了"理趣"，事情就好得多。用宋人包恢的说法，"穷智极力之所不能到者，犹造化自然之声也"，这种境界谓之"状理则理趣浑然"（《答曾子华论诗》）。这样说还是有含糊其辞之嫌，给一个现代的解释，其实就是将枯燥的议理与无意识的经验加以结合，便会有令人豁然开朗之境。这方面，苏东坡做得最好，他总能够将说理化于无形，将摸不清楚的道理化为"直觉之物"。"人生到处知何似，应似飞鸿踏雪泥。泥上偶然留指爪，鸿飞那复计东西。"所谓飞鸿雪泥，到底是什么玩意，没人知道，当然也无须说清楚；然而每个人直觉中都有类似的意绪和境遇，故说不清楚也便是说清楚了。

热衷且擅长解梦的两个诗人策兰和帕斯，都不约而同地谈到诗歌写作与精神现象之间的关系。策兰是这样说的："在人类发展的河流里，当理智从深处升起，黑色的泉水涌到表面时区别出灵魂生活的恒常，辨别出无意识的边界……正义的阳光照射着，全部工作就会完成。"这是他的《埃德加·热内与梦中之梦》一文中的话，意思是强调理性在驾驭且依赖于无意识的过程中，对于精神创造所起到的决定性作用。

我无从知道这位热内的梦中之梦的情景，但熟知诗歌秘密的人都会理解这段话的意思，诗歌依赖于理性甚至思想，但却是起源甚至归宗于梦境一类东西。这在苏格拉底那里被解释为"迷狂"，仿佛有某种外力的神秘介入，但实则是人类自己的精神活动。在我的理解中，它属于广义的无意识范畴。所以简言之，弗洛伊德说得也对，文学是力比多的升华。力比多是本能，是人的基本能量，而意识构造中的无意识所对应的，正是人格构造中的本能，而本能在某些情况下的映现形式，可能就是梦境。

但请注意，策兰所强调的，乃是"正义的阳光"对于"黑色的泉水"的"照射"，是"理智"对于"无意识"的一种赋形与赋能，是其意义获得的前提。

这样的理解简直太重要了。当我们的写作中越来越注重"灵魂的秘密"，注重"精神的复杂性"的时候，无意识帮我们揭开了这幽暗世界的广阔而生动的真相，但是我们还需要"正义的阳光"，将这个大千世界真正照亮,这才是其能够成为诗歌,能够具有意义,能够成为一种精神创造的根本条件。

本来我想说,我们需要"理性之光"的照耀,而策兰直接说出了"正义",它相较于我们头脑中的理智,更为宏大和客观,也更具有社会性和公共价值。它对写作者提出了更高的要求,他或她,除了有一种自觉的理性精神,还需要有历史的、公共正义的、人文主义或知识分子性的立场与判断力。

当然,这一切的施行与建立,不是基于古典与浪漫主义意义上的"情志",而是基于现代主义与当代性的广阔的人性与无意识。

无独有偶,奥克塔维奥·帕斯,在他的《大自然的颂歌》一文中,也强调了无意识的支配作用,它作为精神创造的源泉,对于诗歌有着至关重要的作用:"疯子劈开宇宙,向他自己的体内跳去。他顷刻间失去了踪影,被自我吞咽。……那爱是一块磁铁,整个世界吊挂在他身上。万物苏醒,冲破硬壳,展开双翅,自由飞翔。"细想,这也许就是"创世者"的精神境地,对于世界的创造其实就是对于自身的打开,只有疯子才会完成这样壮丽的想象。只有在古代,这样的疯狂之举才可能被神话化,或者被权力神圣化,盘古、夸父、精卫,所有这些创造者都是不自量力的,还有屈原,他的基本想象方式也一定可以从现代的精神分析中看出蛛丝马迹,没有别的答案,唯一的答案就是,这个人已经疯了。

但是伟大的诗歌或精神创造,与精神的异常,与无意识的支配性活动之间的关系就是如此。连爱因斯坦这样的科学家,他毕其一生所做的工作,所取得的对于宇宙的认识,其实都超出了那一时期科学所能够达到的境地,而唯一的解释,除了科学和理性,便是无意识的诗一样的灵感和神启之力。

有人在梦中写下了诗篇,借助疯狂之力或在梦境中受到启示,或以梦境的讲述来传达其复杂难言的感受,这都是诗歌的应有之义。

我有时梦到自己写出了漂亮的句子,而且非常清晰地意识到,我写下了这些句子,但醒来睁眼坐起时,它们却忽然无影无踪,便感到无比沮丧。个别时候一首诗中最有意味的一两句,可能就是在注意力最不集中的时候,在不经意的"走神"或"假寐"时出现的。

与策兰所强调的方向有微妙的不同,策兰强调的是收束,而帕斯希图的是放纵,两个人从两个方向迎面走来,在诗歌舞台的中央相遇,并且不由分说地拥抱在一起。

为什么我会如此强调梦境和无意识的意义?在我粗陋的理解中,我认为帕斯和策兰都真正触及了精神创造的一个秘密。假如策兰所说是基于"灵魂生活"的一个侧面或者极点的话,那么帕斯则说出了精神创造的另一个极点,即是疯狂,是人的精神和意识的不受管控的"溢出"。前者标举的是理性和正义的引领,后者倡扬的则是非理性和潜意识的释放。这两者离开了任何一点,都无法抵达诗意,现代性的和真正的诗意。

所以,诗歌既是天路,也是人道,是向外和向上的过程,也是向内和向下的过程。支撑诗人的灵感和想象的东西,可能源于向善的本能,但也来自大自然的启示,来自其充满神性的宗教情感,也来自其灵魂渊薮的古老召唤。因此,必须将诗歌写作看作是精神现象学范畴中的事物,而不只是文本和修辞活动。它是主体的精神创造,是写作中所有精神活动的总和,是触及人类一切精神领域的复杂现象，对于有抱负的和好的写作而言，尤其如此。

什么是诗歌的当代性——我们经常陷入这样的追问和自问。

当代性在我的理解中，可能与"现代性"相关，但却又意味着更敏感的反应力。它针对价值与精神的飘忽与不确定，针对人的心灵的日趋枯竭、晦暗与复杂性，特别是在人文传统与主体性反思两者之间的矛盾状态。这决定了诗人不能以某种简单和明晰的方式表达，也不能以明晰和简单的方式确立自己。他必须是一位既倚重思想同时更倚重无意识的表达者，必须是一位既确定同时又反讽的说话人。

超现实主义者曾经主张依靠错觉和直觉写作，如其"通灵者"的祖先兰波那样，通过直觉与天赋，以神示的方式抵达意义。在柏格森、尼采与弗洛伊德主义的支持下，这些想法逐渐获得了观念的支撑，发育成为布勒东式的经典的超现实主义理论。这样的理论当然也伴随有众多的枝杈与歧路，非三言两语能够说得清楚。但最核心的一点，应该是与"梦幻"相同的部分，其向上对接复杂的现实，向下连接着幽深的无意识，两者所张开的对等对称性的世界，则是文学与诗歌的广阔腹地。

我当然不希图重操旧业，去炒超现实主义的冷饭，因为这些在20世纪前期到中期早已有了大量文本的实践。那些极端个体化的、纯粹无意识的演绎，与当代性的诗歌精神与写作逻辑，已然不再适配。没有介入性、分析性、反思性、反讽性、自我怀疑性与颠覆性，无论是力比多的裸露，还是掩藏之后的升华，都不够好玩，也不够有说服力。

说了这么多,还是难以说清楚写作的肌理,我只能大概说出一个状态,即理性与无意识的缠绕,是满足当代性写作,或写作的当代性的最低条件限度。有了这种纠缠,写作将在"有意思"的层面上,可以满足写作者最低限度的自尊心,也得以在"有意义"的向度中,实现文本最基本的社会性与公共价值。

"70后"如何续写历史

地质史上发生了无数的造山运动,有时十分剧烈,伴随着巨大的地震和火山爆发,释放出难以想象的破坏力,有时会导致物种的大面积灭绝——比如恐龙的消失,一说就与此类活动有关。但也有的崛起是比较平缓和渐变的,比如最晚近的喜马拉雅造山运动,其结果就是造成了青藏高原的持续隆起,但这个过程并没有发生十分剧烈的火山灾难。

回顾现代以来世界范围内的诗歌运动,颇有点像是这种造山的过程。有时过于激烈,对于既存的传统与秩序造成了剧烈的冲击,说是"美学的地震"也不过分。现代主义初期的"达达"和"未来主义"者们,甚至还曾高呼"捣烂、砸毁一切博物馆、图书馆和学院",声称"诅咒一切传统文化,扫荡从古罗马以来的一切文化遗产"。当初白话新诗的诞生,也曾让多少人感觉到愤怒和恐慌,章士钊斥之为"文词鄙俚,国家未灭,文字先亡"。七八十年代之交的"朦胧诗"出现之时,也引起了几代人之间激烈而持久的论争,以至于有的老诗人说,这是资产阶级的艺术向着无产阶级"扔出了决斗的白手套"。

最晚近的例子是1986年,由徐敬亚策划的"中国现代主义诗歌大展",其中的多个流派都喊出了新一轮颠覆与崛起的狂言。诸如,"捣乱、破坏以求炸毁封闭式假开放的文化心理结构"(莽汉主义),"它所有的魅力就在于它的粗暴、肤浅和胡说八道,它所反击的是:

博学和高深"（大学生诗派），"我们否定旧传统和现代'辫子军'强加给我们的一切，反对把艺术情感导向任何宗教与伦理"，我们会"与探险者、偏执狂、醉酒汉、臆想病人和现代寓言制造家共命运"（新传统主义）……

回望这些，是想给我们将要描述的一代新人——"70后"——找到他们的起点。相比前人，这确乎是温文尔雅不事张扬的一代，是心气平和甚至低声下气的一代，相比他们前人的张狂和粗暴、躁乱与峻急，他们属于"和平崛起"的一代，没有通过战争和暴力夺权，甚至也没有通过运动，而是几乎静悄悄地蔓延成长起来。这当然足够好，只是代价也大，他们无法不承受更久的压抑，更迟一些登堂入室，面孔更加模糊，更加难以在理论上给出名号和说法，经典化的过程更加缓慢和漫长……甚至，他们都没有得到一个明确的标签或头衔，只是被笼统地称呼为"70后"。他们的前人是堂而皇之当仁不让地将自己唤作"第三代"——可以与革命时代的颂歌诗人、以"朦胧"标立反叛的"第二代"相提并论的"第三代"，而之后的他们，只能按照"年代共同体"的含糊其辞，来给出一个语焉不详的称呼。

可见平和的方式、小心翼翼"挤进"诗歌谱系的方式，在某种程度上也可能是一个悲剧。靠美学暴乱获得权力的第三代不只在1986年一举成名，而且持续地塑造了1990年代的诗歌美学。迄今手握经典权力的，仍是这群由蒙面强盗转身而华丽加冕的家伙，一如其领袖级人物周伦佑的名作，《第三代诗人》中所自诩和自嘲的："一群斯文的暴徒，在词语的专政之下/孤立得太久，终于在这一年揭竿而起/……使分行排列的中国/陷入持久的混乱。"——

>   这便是第三代诗人
>   自吹自擂的一代，把自己宣布为一次革命
>   自下而上的暴动；在词语的界限之内
>   砸碎旧世界，捏造出许多稀有的名词和动词
>   往自己脸上抹黑或贴金，都没有人鼓掌
>   第三代自我感觉良好，觉得自己金光很大
>   长期在江湖上，写一流的诗，读二流的书
>   玩三流的女人。作为黑道人物而扬名立万……

这是一代人的自画像，带了骄傲的自嘲，和自我戏谑的自嗨，把这一代的历史处境、自我意识、写作及"文学行动"的方式，都惟妙惟肖地描画出来，甚至将其集合的理由和解散的前缘，也都言近意远地暗示了出来。

与地质史上的造山运动结束之后大地依旧壮丽地存在一样，"第三代"并未终结历史，尽行毁弃诗意之美，反而是有力地深化和续接了由朦胧诗再度开辟的现代性传统。因为很显然，朦胧诗在面对历史张开自身抱负的时候，还单纯得如同一个美学上的儿童，光明洁净而未谙世事，故其诗意也是单薄的。只有到了"第三代"，才开启了一种渐次成年的、看似平庸而实则复杂的诗学。朦胧诗固然富有道义上的力量，但也有"经得住压力而经不起放逐"的缺陷，对此，当年的朱大可曾有一个绝妙的比喻——"从绞架到秋千"，言当初的社会压力，刚好成就了朦胧诗，使这一代人获得了近乎英雄和"密谋者"的身份，北岛最初的"纵使你脚下有一千个挑战者，就

把我算作第一千零一名",以及稍后的"在一个没有英雄的时代,我只想做一个人"的转变,就是这种时代变化的微妙反应。但这还不是本雅明所说的作为文化形象的"密谋者",直到周伦佑的笔下,他们的身上的"现代性的暧昧"似乎才得以确认。从社会学的绞架,到民间在野者的秋千,这是一个戏剧性的、也非常幸运的变化,当代诗歌至此才算是回归了本位。

就这样,第三代塑造了自己,也趁着社会历史的重大变迁建立了自己的美学功业,在1990年代写下了成熟而更加复杂的文本,并最终又在1999年的"盘峰诗会"上完成了必要的分蘖——将写作的两个基本向度,再度进行了标立。尽管"知识分子"和"民间"这两个关于立场的说法显得言过其实又言不及义,但却象征式地,给这一代张开了文化与美学的两种"极值"。至此,他们作为一个写作的代际,可谓已几近功德圆满。当代诗歌由此建立了相对成熟和复杂的意义内质,以及多向而完善的弹性诗学。

第三代以后历史如何延续?这是"70后"必须回答的命题。这一代是何时登上历史舞台的?种种迹象表明,这个时间节点大约是2001年。虽然他们最早的汇聚,据说是在1998年深圳的诗歌民刊《外遇》上,但那时其影响基本上还是地域性或"圈子性"的,诗歌观念尚未形成。但2001年就不同了,他们的出现几乎使人想起了一个久违的词:崛起。这一年的民刊突然成了"70后"一代的天下:《诗参考》《诗江湖》《诗文本》《下半身》《扬子鳄》《漆》《葵》《诗歌与人》……其中多数都是由"70后"诗人创办的,即便不是,主要的作者群也已是"70后"。这一年的他们可谓是蜂拥而至,突然占据了大片的诗歌版图。其咄咄逼人的情势,不禁令人依稀记起了80年代曾有过的场景。

但是,与前人相比,"70后"的出现并没有以"弑兄篡位"的方式抢班夺权,而是以人多势众的"和平逼挤"显示了其存在。而且他们还相当诚实地袒露了自己得以出道的机缘,沈浩波就说,是"'盘峰论争'使一代人被吓破的胆开始恢复愈合,使一代人的视野立即变得宏阔,使一代人真正开始思考诗歌的一些更为本质的问题……""可以说,盘峰论争真正成就了'70后'"。[1]现在看,"70后"的和平演变,或许正是因为"第三代"的内讧,居于外省的"民间派"对于在国际化和经典化过程中获益偏多的"知识分子"群体的讨伐,以及由此引起的纷争,恰好使他们得到了一个跟随其后粉墨登场的机会。

关于"70后"的"内部图景",仍可以引用其"内部"人士的分法。朵渔将这一人群划成了四个不同的"板块",大致是客观的——

A. 起点很高的口语诗人:他们大都受过高等教育,这是70后诗歌写作者的主流。

B. 几近天才式的诗人:他们一般没有大学背景,他们一入手就是优秀的诗篇,很本质,娘胎里带来的。这种人很少。

C. 新一代"知识分子写作者"。

D. 有"中学生诗人"背景者:对发表的重视、对官方刊物的追求,对一种虚妄的过分诗意化的东西过分看重,大多没有受过正规的高

---

[1] 沈浩波:《诗歌的70后与我》,《诗江湖》创刊号,2001。

等教育。①

显然,"70后"一出道,就天然地遗传了"第三代"的格局。最后一类肯定是无足轻重的,第二类是极个别的特例;那么剩下的一、三两类,无疑分别是"民间派"和"知识分子写作"的信徒或追随者。区别已很明显,但与前人相比,在他们之间或许只是写作立场与观念的分歧,并不带有那类意气恩怨与利益纠葛。在朵渔的言谈中,我们似乎不难看出他的谨慎小心,虽然其文章的修辞有刻意的耸人听闻之处,但在事关其内部观念分野的评价上,还是看不出明显的厚此薄彼或非此即彼。

总体概括"70后"诗歌写作的特点,或许又是我们力所难逮的,因为经验上的隔阂犹如鸿沟横亘。所以我们这里只能给出一个大致的描述。首先,一个最为鲜明的特点,是写作内容与对象的日常化,审美趣味的个人与细节化——这似乎也是小说领域中这一代际的共同特点。虽然"第三代"业已在写作中强调了日常与琐细,粗鄙与放浪,但那更多的是姿态性的文化反抗,有大量的潜意识与潜台词在其中,而对"70后"来说,这毋宁说是他们的常态、本色和本心,他们在道德与价值上所表现出的现世化、游戏化和"底线化",并不带有强烈的反讽性质,而是一种更为真实和丰富的体认和接受。仍借用朵渔的若干"关键词"来说:"背景——生在红旗下,长在物欲中;风格——雅皮士面孔,嬉皮士精神;性爱——有经历,无感受;立场——以享乐为原则,以个性为准绳……"②这些概括,大致涵盖

---

① 朵渔:《我们为所欲为的时候到了》,《诗文本》(四),2001。
② 同上。

了"70后诗学"的最重要的文化与美学特征。

其次,"70后"所涉及的另一个比较核心的范畴,便是评价不一的"下半身美学"。这听起来有点耸人听闻,但其实在巴赫金的小说理论,在其对拉伯雷和中世纪民间文化的讨论中,早已反复提及。这种刻意粗鄙的美学,其主要的表现是语言及行为的"狂欢化",在中世纪是借民间节日的形式打破社会的伦理禁忌,以粗鄙与戏谑的仪式,来短暂地取消权威与等级制度所带来的压抑。巴赫金用这种解释,赋予了《巨人传》中大量粗鄙场景与器官语言以合法性。固然我们不能机械搬用,借以给沈浩波等人的《下半身》及其写作策略以简单化的合法解释,但无疑,我们也不能完全道德化地去予以比对。"沈浩波"们所强调的"贴肉"状态,以及所谓的"消除……知识、文化、传统、诗意、抒情、哲理、思考、承担、使命、大师、经典……这些属于上半身的词汇"[1]的说法,其实都是一种极端化和"行为化"的表达。这应了德里达所说,现代以来的艺术,常常只是"一种危机经验之中"的"文学行动",是"对所谓'文学的末日'十分敏感的文本"。[2]为了显示其拯救"文学危机"的自觉性,才刻意夸大了其立场,他们试图用一种极端的修辞或者表现形式,来体现对于精神性的写作困境的反拨,或者修正。

显然,对于在诗学和美学上尚显稚嫩与含混的"70后"来说,"下半身美学"或许暂时充当了一块有力的敲门砖,误打误撞地帮助这一代挤开了一道进入谱系与历史的缝隙,但也不可避免地使某些成员背上了坏名声。稍后,它便因为先天的缺陷而被弃若敝屣了。

---

[1] 沈浩波:《香奥自知——沈浩波访谈录》,《诗文本》(四),2001。
[2] 雅克·德里达:《文学行动》,中国社会科学出版社,1998,第8—9页。

不过,"下半身写作"的终结,却并未影响狂欢的氛围,因为历史还给了这代人另一个机遇,那就是世纪之交网络新媒体的迅速蔓延。从这一角度看,粗鄙的"下半身"或许只是个牺牲了的"替身","网络新美学"才是不可阻挡的新的写作现实。从根本上说,这是一次人类历史上罕见的文化变异,正如历史上每一次书写与传播介质的改变,都带来了文学的巨变一样。网络世界的巨大、自由和"拟隐身化生存",给每一个写作者都带来了前所未有的机遇,它几乎从根本动摇了之前的文化权力、写作秩序与制度,给写作者带来了庇护与宽容。"70后"幸运地赶上了,使他们对于个性、自由、本色和真实的追求,获得了一个足相匹配的空间。

上述都是从宏观上给出的一些解释。在最后,我们或许更应该从风格与修辞的角度,来谈一谈选定这十位诗人的理由。事实上,"70后"在写作上的丰富性,曾使我们在其代表的想定上犹疑不决。可能最终我们更多地还是考虑了其几个大的取向,比如姜涛和胡续冬,便是作为"北大系"或者"知识分子写作"脉系的可能的后来者,但是,此二人不同但又相似的自由与机警、诙谐或洒脱,又分明标记着他们的逃离与变异,相似的只是他们作为学院中人在理论与诗学上超强的自觉与自我阐释能力;与他们略近的是孙磊,亦是就职于高校,有置身书斋画室生活的底气,但写作方面则比较强调"感觉的悬浮",早期他曾偏重形而上的自述抒写,《谈话》和《演奏》诸篇,均有非常系统和哲学性的个人建构,晚近则以生活的小景与片段入诗,常刻意给读者一种渺远苍茫、无从求解的含混,一种个体存在的虚渺体验与感叹;另一位轩辕轼轲,即朵渔所说的没有大学背景的

"几近天才"的诗人,最初他的出现几乎可以与90年代初的伊沙相提并论,他的《太精彩了》《你能杀了我吗》《是××,总会××的》等诗,都以极俏皮和谐谑的语言,来"挠痒痒"式地触及当代文化心理或价值的敏感与隐秘部位,产生出奇妙的解构与反讽意味。可以说,伊沙之后真正领悟了解构主义写作秘诀的,正是轩辕轼轲。

同样没有大学背景,却写得让人过目难忘的还有江非,他简练而又准确的叙事性,将90年代发育起来的"叙事诗学"又发挥到了极致。他有关故乡"平墩湖"的回忆,用了精细的微观修辞,克制但又恰到好处的悲悯情致,将那些卑微的生命和原始自然的风物讲述得摇曳多姿,动人心弦。没有学院背景的还有黄礼孩,他的诗歌写作同他对诗歌所做的贡献相比,或许要略逊一筹,但他刻意卑微和弱化的主体想象,对日常生活细节的精细描摹,也总能产生出言近意远的绵延,给人留下深刻印象。当然,将他列入,也确有褒奖其不遗余力且总有惊人之笔的"诗歌行动"之意。

早期作为"民间写作"的举旗者的朵渔,目下正表现出日渐做大成器的迹象。在早期追求反诘和颠覆的机智之后,他晚近反而更多地体现了对于知识分子精神的传承。他的关怀现实的、追问历史的、咏怀史籍人物的系列作品,都体现出独有的犀利和到位,弦外之音的居高声远。同时,他刻意跳脱琐细、间隔顿挫的修辞,也显得陌生感十足,成为"70后式修辞"的标志性模式。另外,在修辞方式上值得一说的还有阿翔,或许先天在听力方面的缺陷,让他对这世界多了几分疑虑,所以他的语言常带有失聪者的幻感、"遇见鬼了"的狐疑,这种对世界的认知方式,先天地使他的诗带上了浓厚的无意识色彩与超现实意味,使他笔下的个体处境更具有了令人诧异的诗意。

　　需要提到的还有两位女性——巫昂和宇向，或许从诗歌成就看，"70后"之中可以与她们比肩的诗人很多，但从体现一种"代际新美学"的角度看，她们两位所体现出的陌生与新鲜却无可替代。其实，应该入选的还有尹丽川，只不过从文本数量，还有眼下的状态而论，尹丽川已不再是诗歌中人，或者即便是，其作品数量也难以成册。这是个矛盾。巫昂出身学院，曾就读社科院研究生，但自参与"下半身"群体的写作开始，她便体现出一种独有的"意义出走"的倾向，不见痕迹的俏皮，与在无意义处找见意趣的抒情天赋，都令人吃惊；另一个宇向从未上过大学，但她一出手就显现出异样的奇崛，与近乎妖娆的机警，她不再像前辈中经典的"女性写作"那样常带有"女巫"的气质，她所显现的，乃是另一种"女妖"的属性。她的《我几乎看见滚滚红尘》《一阵风》等作品，都几乎在读者中刮起了一股小小的旋风，其诗意的无意识深度，语言的跳脱诡异，都成为人们想象中的"70后新美学"的典范文本。

　　说了这么多，最后却还要向更多的诗人致歉——因为名额的有限，致使更多应该入选的诗人被遗漏：像微观书写中见奇迹的徐俊国，在诗学建树上贡献颇多的刘春与冷霜，在同传统书写的接洽中多有独到之处的泉子，由"下半身写作"的领衔者到"蝴蝶蜕变"的沈浩波……我们没法不对他们说抱歉。或许等这一群体还有机会展示之时，再行补充罢。总之，列入的十位诗人，只能部分地显示这一代际的写作格局，以及大致的风格样貌，而真正的写作成就，还是靠每一位出色的诗人本身。

　　作为虚长年齿的研究者，我们无法不保留若干对这一年轻代际的写作的看法,比如过于相信日常性经验的意义,过于琐细的修辞,对于生命中无法回避的许多责任与担当的游戏性处置,等等。但是我们又相信,任何代际的经验、写法、美学和语言,都是结构性的存在,所谓优势亦即劣势,长处也即短处,很难貌似公允地予以区分和评判。作为读者,我们只能期待他们有更坚韧的追求,更卓越的创造。我们期待着。

先锋诗歌的终结
——答《羊城晚报》问

1. 说到中国当代的先锋作家，小说领域的代表人物比较明确，诗歌似乎比较模糊，您心目中先锋诗人的代表大致有哪些？

张清华："先锋文学"或者"先锋诗歌"在我看来是一个"历史概念"了，当年的"先锋作家"或"先锋诗人"现在已经不再"先锋"了，某种意义上，先锋文学作为一个运动在20世纪90年代中期以后就已经结束了，因为支持先锋文学的两个最重要的元素消失了：一是精神思想方面的叛逆性与形而上追求，二是形式与艺术方面的异端与实验诉求。1997年我出版《中国当代先锋文学思潮论》（江苏文艺出版社）一书时就已经"预言"它的终结了，十几年过去，我认为自己的这个看法是基本准确的。所以，现在再谈"先锋作家"，我认为也是从过去的意义上来说。

当然，"先锋性"仍然是在一定程度上存在的，有的人声称自己"先锋到死"，可以"在牛逼的道路上一路狂奔"，但很难说他或她就一定是先锋作家或先锋诗人，只能说他们某种程度上还有一些"前卫的""异端的"特征，有一些类似"先锋"的属性，但"先锋文学"

作为一种运动式的存在与景观,在历史上并不总是存在的,或者说,它不是文学的常态,有没有先锋文学,不是由作家自己决定的,而是由历史的大势、由历史本身的运变逻辑决定的,就像哲人对文艺复兴的评价——是"需要巨人并且产生了巨人的时代",如果是一个注定不会诞生先锋的时代,想成也没有用。我认为我们的文学已经进入了一个平缓的常态,充满激进变革的先锋文学运动时期已经成为历史,文学存在的时间性已经被空间性代替了——变得日益多元和平静,类型越来越多,但形式和思想越来越少创造性和变化。但这并不是说没有好作品,好作品也许有的是,但好作品与是否先锋却是两码事。先锋文学中不乏重要的和符号学的文本,但真正从"好作品"的标准考量,则并不太多。总之,"符号性的、重要的作品"同"完美的、好的作品"是两个不同的类型和标准。

"诗歌领域中的先锋人物",如果从历史的角度看,70年代末、80年代初期的朦胧诗人如北岛、顾城、舒婷、江河、杨炼都是,比他们更早的60年代或70年代初期的食指、黄翔、根子、多多、芒克也是,80年代的"第三代"诗人,如"非非主义"的周伦佑、蓝马、杨黎,"莽汉主义"的李亚伟、尚仲敏,"他们"的韩东、于坚,"新传统主义"的欧阳江河,"女性主义"的翟永明、伊蕾、唐亚平等,都可以算是先锋诗人,海子也是80年代最优秀的先锋诗人——只是那时他还没有什么名气,但他的所有作品都是诞生于这个年代。到90年代,除前面的一些诗人"继续先锋"以外,还有王家新、西川、伊沙、臧棣等,也都是具有明显先锋气质和品质的诗人。到90年代后期,随着先锋文学运动的终结,我以为已经很难找出典型的先锋诗人,充其量是有一些先锋的特点。这并不是贬低之后的诗歌和诗人，相反我认为在这个时期之后，中国的诗歌进入了一个更为多元、丰富和成熟的时代，有很多优秀的诗人出现，但他们并不是非要戴上"先锋诗人"的帽子不可。

2. 有评论认为，昔日的那一拨先锋诗人会成为"遗老"，您怎么看？

张清华：成为"遗老"也没有什么不好，每一代人都会老，也都会成为遗老，这是正常的。一个人在年幼的时候"撒娇"是很可爱的，但到了成年、到了五六十岁还撒娇，就是很不得体的和令人生厌的；人到了该老的时候还不愿意承认自己老，是不明智的；嘲笑别人的正常的成熟和老化也是浅薄的。当然，艺术和写作也确乎存在着衰退，在某些写作者那里确会有这种情况。但作为50年代到70年代出生的几代诗人，他们都渐渐步入了中年，最老的甚至已开始接近老年，他们中有一些确实已经很少写作或不再写作，这也无可厚非。芒克现在的主业是绘画，他因此生活得很好，这有什么不可以呢？舒婷几乎停笔了，北岛现在也主要写写散文，这也是他们选择的权利，我们无权嘲笑和指摘他们。

当然我也不是反对批评，年轻人对于前代的批评和超越也是正常的，只要不是人身攻击和嘲讽。沉舟侧畔千帆过，长江后浪推前浪，文学和艺术的历史就是这样，江山代有才人出，各领风骚数百年，你可以创新和超越，但不要忘了，所有后代的创造都是在前人的基础上诞生的，再伟大的天才也是站在前人肩膀上的。

进化论的评价方式已经不再是永恒不变的定理，"青年必将胜过老年"也不再是必定正确的预言。艺术创造是一个包含了多种因素的精神劳动,需要真正呕心沥血的过程。不要试图简单地否定上一代人的创造。不过,另一方面我也相信,既然一代人有一代人的经验和记忆,那么一代人也就有一代人的文学,年轻人尽可以大胆地超越,创造属于新一代人的文学。

3. 诗歌创作与年龄似乎有着比较密切的关系,诗歌创作是否能抗拒这种年龄导致的精神上的衰老?

张清华:诗歌创作从某种规律上看,确乎与年龄有关系,海子在25岁以前就已经完成了他的创作;更早先的浪漫主义诗人们很少有活过40岁者,许多伟大诗人在很年轻的时候就陷于精神异常的境地,或是因患病、冒险、自杀而身亡,他们都是在比较年轻的时候就写出了代表作,或者结束了写作,这看来是一个悲剧性的规律,荷尔德林、拜伦、雪莱、济慈、海涅、普希金、莱蒙托夫,等等。在中国也一样,屈原是第一个自杀者,李贺死的时候也不到30岁,李白死的时候也只有50多一点,当然也有例外,杜甫、白居易、苏轼都是坚持到了晚年,并且越是在晚年诗艺才越是炉火纯青。在西方也有例子,那就是歌德,雅斯贝斯说,与很多"毁灭自己于深渊之中、毁灭自己于作品之中的诗人相比,歌德是成功地活到了老年并且躲过了深渊的一个例证"。不过这也使我们想起另一个例子,年轻的荷尔德林曾经来到魏玛拜访在那里居住的歌德和席勒,那时他像一颗冉冉升起的新星出现在欧罗巴的上空,已经写出了光芒闪耀的诗篇,但是歌德和席勒却并没有意识到他的价值,他们一个表现出得体的傲慢，另一个则待之以好为人师的喋喋不休，而与荷尔德林相比，那时他们的才华和经验都已经显得有些日薄西山了。

所以，在总体上我还是愿意承认，诗歌是年轻人的事业。当然，如果上了岁数的人还愿意继续玩，那也是他们的权利。

4. 在您的研究当中，是否有昔日的先锋诗人在今天写诗转型，或者改变风格比较明显的个案？您认可他的转变吗？

张清华：多数人都在变化中，早在90年代初期，欧阳江河就已经描述了他们这一代诗人的总体变化，那就是"减速"，一方面由激进和急速的"青春写作"进入了沉着和减速了的"中年写作"，另一方面是建立了其作为思考者的"知识分子"的诗人身份。这个转变和转型已经成为历史，并且被证明是自然和必然的。从那以后，中国的先锋诗人经历了又一个大的历史性的变化，就是政治紧张的消失与市场时代的来临，这种转换导致了大部分"先锋诗人"身份的最后终结，他们曾经的异端形象失去了存在的土壤——和他们的前辈"朦胧诗人"的命运相似，他们同样经历了"从绞架到秋千"的历史。西川在美国被追问："你为什么不流亡？"而他只能反问："我为什么要流亡呢？"这种尴尬透示出当代中国诗人身份的变化，如果还要继续保持自己的"先锋身份"，就会夸张地扭曲自己的姿态。所以，我认为与曾经的先锋小说家们所面临的情形近似，曾经的先锋诗人们如今也是挣扎和沉浸在"中国经验"的复杂与丰富的现实之中，他们唯一的、也是最好的出路，就是准确和敏感地书写出这种中国经验的丰富、复杂和混合的状况——仍用欧阳江河的话说，就是书写出这种经验的"异质混成"性。

5. 诗歌的探索精神似乎比小说的探索精神要活跃得多，您认为今天的诗坛是否存在先锋？他们的先锋性跟上个世纪北岛、海子那一拨，有没有很大的区别？

张清华：诗歌的"文本多样性"确实比小说要多，"极端文本"出现的可能要多得多。在今天，如果说还有"前卫"，或者"先锋性"的写作的话，我认为主要是体现在"极端性文本"的写作方面，但极端性文本并不一定就有思想和艺术上的超越性，不一定必然具有引导诗歌潮流的先锋性，它的作用和性质甚至可能是破坏性的，这是一个奇怪的现象和悖论。所以我主张用"极端性写作"的概念取代"先锋性写作"的概念，这样比较客观一些。

我认为，那些刻意"崇低"和"向下"的写作，如"下半身"的、"垃圾派"、"低诗歌"，都可以划入极端性写作的范围中；那些刻意"向上"的、居于"道德高地"的写作，如"打工诗歌""底层诗歌""地震诗歌"之类，也可以划入这一范围；还有某些"行为性"很强的娱乐性的写作，如网络恶搞、"梨花体"，诗歌行为艺术，都可以看作是极端性的写作或者文本；除此之外，最有可能具有先锋性的一种，是具有一定的精英底色的"解构主义写作"，在写作观念和文本形式上比较前卫的，具有试验性质的写作，但总体上这种写作已经缺少强劲动力，像90年代伊沙那样的写作已经难以为继。进入新世纪之后，新一代诗人中的轩辕轼轲等人曾经势头很好，他写了很多比伊沙的诗歌还要有味道的解构性作品,但现在似乎也已经不再那么新鲜。西川一直在文体方面坚持"破",坚持消弭某种界限,比如把诗歌写成了不分行的文字,有颠覆性,但也有争论。总之我认为,"先锋的时代"已经终结,在一个惯常和平庸的时代"硬要"成为先锋,也许注定是一厢情愿的事情,只能写出一点极端性的文本罢了。没办法,认命吧。

后　记

　　本集中的 95 首诗作，全部出自 2022 至 2023 年，均为从未在诗集中收入过的新作。之所以命名为《蜂拥而至》，是因为喜爱与这个词相对应的感觉。蜂拥而至的人世境遇，蜂拥而至的灵感诗意，蜂拥而至的意象词语，蜂拥而至的说不清楚的一切东西。

　　在《镜中记》之后，我的写作一度进入了间歇期。2022 年的整个下半年，几乎没有写出什么像样的东西。此前数年的意绪，似乎淤堵于心，难以找到一个合适的表达角度与方式，所以唯有迟疑。有友人建议，此前应该将数载疫情期间的心迹，予以照实笔录，但奈何当时惘然，且又早已错过，只留下可以见容于世的十来首诗，已在修改面目之后，悉数收入了那个集子。所以此番《蜂拥而至》，便纯然是日常意绪的实录了。

　　然诗贵于诚朴，年纪越长，越觉得这一点重要。故笔墨愈写愈趋于简约诚朴和平淡冲和。正如汉初时诗论家韩婴所说，"伪欺不可长，空虚不可久"。年轻时的装腔作势，在这个年纪就会觉得羞赧和可耻了。当然，具体写得怎样，是否可以洗尽铅华，还未敢笃信自己已有此境界。

　　稍有点兴奋的是，在这些作品的写作过程中，我多少收获了些意外的感受。即写作中的意外，有意外的句子，近乎偶得的篇什，如《梦中焚书》和《雪中的创世纪》之类。虽然极少，但还是觉出了写作的乐趣。其实全部诗歌写作的真谛，说到底似乎也没有什么玄虚的，就是等待一个意外而已。尤其，我还尝试寻找一点"散文诗"的语感。此前苦求良久，但就是未曾找到，这次忽有了一点模糊的感受，竟提笔涂鸦若干。曾小心地询问散文诗大家周庆荣兄，这样下笔可否，是否已接近于散文诗的语言？庆荣兄回曰：还算着调。便大受鼓舞，以为可以再向克尔恺郭尔、鲁迅等先贤修习些个，碰一碰散文诗园地的界桩或篱笆。

此次还要感谢当代翻译界和东欧文学研究的大家高兴先生，蒙高兴兄错爱，我得以忝列漓江出版社的"双子座文丛"。所谓双子，无非强调作者是"写作与研究双栖"之意。这对于写作者的身份来说，与其说是一个标识，不如说是一个鼓舞。于我而言，不敢求两全其美，但求少些顾此失彼便好。值得欣慰的是，因为此书的"双子"性质，其中的诗论部分不再是强行插入的凑数文字，而是具有了完全独立的合法性。而且，整理的过程督促我将多年流散的一些断想式的文字，在较短的时间里实现了连缀和汇聚，也是足令我欣慰的。

2023 年 8 月 4 日暑热中，北京清河居

图书在版编目（CIP）数据

蜂拥而至 / 华清著 . -- 桂林：漓江出版社，2024.2
（双子座文丛 / 高兴主编）
ISBN 978-7-5407-9540-5

I. ①蜂… II. ①华… III. ①诗集－中国－当代 ②诗歌评论－中国－当代 IV. ① I227 ② I207.22

中国国家版本馆 CIP 数据核字 (2023) 第 180387 号

Fengyong er Zhi

蜂拥而至

华　清　著

出　版　人：刘迪才
丛书策划：张　谦
出版统筹：文龙玉
组稿编辑：李倩倩
责任编辑：章勤璐
书籍设计：周泽云
责任监印：黄菲菲

出版发行：漓江出版社有限公司
社址：广西桂林市南环路 22 号　邮编：541002
发行电话：010-85891290　0773-2582200
邮购热线：0773-2582200
网址：www.lijiangbooks.com
微信公众号：lijiangpress
印制：天津市天玺印务有限公司
开本：880 mm×1230 mm　1/32
印张：7.625　字数：169 千字
版次：2024 年 2 月第 1 版
印次：2024 年 2 月第 1 次印刷
书号：ISBN 978-7-5407-9540-5
定价：69.00 元

漓江版图书：版权所有，侵权必究

漓江版图书：如有印装问题，请与当地图书销售部门联系调换